Will Hofmann
Glückwunsch zum Geburtstag, Zom...

WIEBERS VERLAG

Will Hofmann, geboren 1949 im Taunus.
Arzt für Allgemeinmedizin und Psychiatrie mit 20-jähriger Praxiserfahrung in Berlin-Neukölln. Er begann seit seinen Jugendjahren zu schreiben. Erste Veröffentlichung 2011, »Abenteuermond« – ein Kinder-Science Fiktion.

Das vorliegende Buch ist auch die Grundlage der gleichnamigen Kurzgeschichte im Sammelband *Zombie City Stories*, herausgegeben von Kalle Hofmann. und eine Fortsetzung des Schauspiels *Das Licht*.

Durch seine wissenschaftliche Ausbildung vermag Will Hofmann es, komplexe Zusammenhänge anschaulich darzustellen. Die fantastischen Theorien der *Zombifizierung* wirken glaubhaft und nachvollziehbar.

Hofmanns Geschichten sind geprägt durch seinen Beruf mit einerseits naturwissenschaftlichen, andererseits psychologischen Neigungen. Die wissenschaftliche Basis seiner Erzählungen kann er, geschult durch Dozententätigkeitin diversen Fachschulen, dem Leser kompetent vermitteln.

Glückwunsch zum Geburtstag, Zombie

Roman
von
Will Hofmann

Wiebers Verlag Berlin

Mehr über unsere Autoren und Produkte:
www.wiebers-verlag.de

Von Will Hofmann liegen vor:
Abenteuermond
Da läuft was aus
Das Licht
Million Dollar Jucken
Oktan

Impressum

Glückwunsch zum Geburtstag, Zombie

1. Auflage 2015
ISBN 978-3-942606-45-5

Umschlaggestaltung:
Kalle Max Hofmann

Druck: Amazon CreateSpace

Wie oft hatte Frau Ingeborg Fricke, geborene Walter, eigentlich schon das Grab ihres Vaters neu bepflanzt? Wie oft war sie hierher gerannt, hatte gedüngt und gewässert? Es war wie verhext. Es war, als sauge das Grab alle Energien in sich auf. Am Anfang war es doch gut gegangen. Aber nach eineinhalb Jahren gingen die ersten Pflanzen ein. Wie ärgerte sie sich, dass nur sie in der Pflege versagte, während die Nebengräber grünten und blühten. Doch die letzten Wochen schien es ihr, als ließe der grüne Daumen der Nachbarn ebenfalls nach in seiner Wirkung.

Hätte sie gewusst, was sich keine zwei Meter unterhalb der Wurzeln von Erika und Buchsbäumen abspielte, wäre sie in die Zwickmühle geraten. Hätte sie sich freuen sollen oder lieber das vernichten, was sich in der Tiefe zusammenbraute?

* * *

Es gibt so viele Arten zu sterben

Margot Hensel war Klöpplerin, Spitzenklöpplerin. Sie war spitze im Klöppeln. Hätte man sie gefragt, was sie aus ihrem Leben gemacht hatte, sie hätte nicht ›Fleischerverkäuferin‹ geantwortet. Damit hatte sie ihr Geld verdient. Ihr Herz aber hing zeitlebens an den Klöppeln. Die schönste Zeit für sie war die, als sie in der Volkshochschule Kurse gab.

Dann kam der Schlaganfall, die linke Hand blieb gelähmt. Dass sie nicht mehr gehen konnte, war ihr nicht so wichtig. Auch mit der Sprachstörung hätte sie sich abfinden können. Aphasie, wie die Ärzte ihr sagten. Logopädie brachte immerhin ein wenig Besserung. Aber der Arzt stellte die Verschreibung bald ein. Weitere Fortschritte waren nicht mehr zu erwarten. Wegen seines Budgets müsste er an Patienten denken, wo es sich noch lohnte, hatte er ihr erklärt. Das konnte sie sogar ein Stück weit einsehen. Krankengymnastik und Ergotherapie brachten überhaupt nichts, auch sie wurden eingestellt. »Sie haben aber auch wirklich Pech gehabt, mit ihrem Schlaganfall«, versuchte der Arzt zu trösten.

Nie mehr Klöppeln, das war die bittere Realität, das wurde Frau Hensel bewusst. Das verkraftete sie nicht, sie stürzte in eine tiefe Depression. Der Arzt wollte ihr Mirtazepin dagegen verschreiben. Das lehnte sie ab, sie war doch nicht krank, jedenfalls nicht im Kopf. Sie hatte keine Freude mehr am Essen und am Trinken. Wollte man sie in den Rollstuhl verfrachten, stimmte sie ein Gezeter an, dass die Hauskrankenpflege schließlich aufgab. Am liebsten lag sie auf ihrer rechten Seite und döste vor sich hin, den ganzen lieben langen Tag. Es nervte sie schon, wenn die Schwester kam und sie ›lagern‹ wollte, damit sie keine Druckgeschwüre bekäme.

Margot Hensel magerte ab. Eine Magensonde lehnte sie ab. Ihre Kinder konnte sie überzeugen, sie unterstützen sie gegen die Überredungsversuche von Schwestern und Hausarzt. Ihr war klar, dass die Hauskrankenpflege es eigentlich gut meinte. Aber noch war sie ihr eigener Herr und sehr froh darüber, dass sie in ihren eigenen vier Wänden bleiben konnte.

Margot Hensel trocknete aus. Infusionen unter die Haut, die ließ sie zu. Doch mehr für ihre Umgebung als für sich selbst. Sie war nicht überzeugt, dass die ihr Leiden linderten. Feuchte Zitronenstäbchen für die Lippen, die hätten ihr gereicht. Aber sie hatte recht, das Drängeln der Schwestern ließ nach. Nun konnten sie etwas tun, sie waren zufrieden und redeten nicht mehr pausenlos auf Margot ein. Zehn Flaschen hatte der Arzt aufgeschrieben, eine pro Tag. Nach der siebten aber verabschiedete sich Margot Hensel von dieser Welt. Ihre Kinder waren bei ihr, Margot, Dieter und Petra. Das war schön. Das war noch einmal richtig schön. Alle Drei hielten der Mutter ihre Hände hin. Und Margot spielte mit ihren eigenen Fingern an deren Griffeln, so hatte sie sie in der Schulzeit genannt. Es kam ihr so vor, als hätte sie noch einmal Klöppel in der Hand – die Klöppel ihres Lebens.

* * *

Der alte Professor Walter kam langsam zu sich. Langsam, sehr langsam. Wo war er hier? Er konnte nichts sehen und nichts hören, nicht einmal richtig etwas spüren. Was er spürte war nur: Er fühlte sich wohl. Nicht zu warm war ihm und nicht zu kalt. Es kam ihm so vor als schwebe er in einem Bad, das genau Körpertemperatur hatte. Keinen Hunger und keinen Durst konnte er spüren, keine Schmerzen.

Angenehm, wirklich angenehm. Was hatten ihn die Rücken- und die Hüftschmerzen geplagt. Zu alt für eine Operation hatten sie gesagt, die Ärzte, die Schwestern. Und seine eigene Tochter, die hatte ihnen beigepflichtet. Sein Frickelchen, so hatte er sie nach ihrer Hochzeit genannt.

Aber das war vorbei. Entspannt wie er da lag, dachte er nach. Was war geschehen? Bilder aus der Gerontopsychiatrie tauchten auf. Dement, ja er war dement. Verwandte und ehemalige Studenten, die ihn gelegentlich besuchten, schüttelten den Kopf darüber, wie ein so hochintelligenter Mensch derart abbauen konnte. Und sie alle hofften im Stillen, dass ihnen nicht Ähnliches widerfahren möge. Als die Demenz begann, konnte er sich noch an Studentenstreiche erinnern, während er die Antwort schuldig bleiben musste, was es fünf Minuten vorher zu Mittag gab. Später fragte er sein Frickelchen, wer sie sei und was sie von ihm wolle. Kurz darauf kannte er nicht einmal mehr seinen eigenen Namen.

Das wusste er wieder alles. Er konnte sich gut an all die tausend Fragen erinnern, welcher Tag denn heute sei, welcher Monat, welche Jahreszeit, was er von Beruf war, Familienstand, Kinder und zuletzt wie er heiße. Er erinnerte sich, wie peinlich es ihm war, wenn er bei diesen einfachen Fragen nach Antworten gesucht hatte. Das beschämende Gefühl ging zurück, die Fragen waren ihm bald egal. Manchmal erkannte er am Tonfall, dass ihn jemand etwas fragte. Dann antwortete er wahlweise mal mit »Ja« oder mit »Nein«. An jede einzelne Situation konnte er sich erinnern, wusste wann die Fragen gestellt wurden, wo er in seinem Rollstuhl dabei saß, was er trug, sogar die Uhrzeit konnte er abschätzen. Zu jeder Frage nach dem Essen hätte er jetzt im Nachhinein die Antwort gewusst. Er konnte sogar sagen, wie es ihm geschmeckt hatte.

Es kam ihm vor, als hätte sein Hirn all die Jahre alles um ihn herum aufgezeichnet wie eine Videokamera. Die Bänder waren ihm nicht zugänglich gewesen, nun aber schon.

Verrückt und merkwürdig. Walter rekonstruierte seine Vergangenheit, Stück für Stück. Er hatte Zeit. Der Film seiner Beerdigung wurde abgespielt. Zuvor bestätigten sich Freunde, Verwandte und Klinikpersonal, wie schön es sei, dass er endlich friedlich eingeschlafen wäre. Nein, ein Film war es nicht, nur eine Tonbandaufzeichnung. Denn er sah ja nichts mehr.

Die Trauerfeier – anrührend. Nur dass Professor Wolter die Trauerrede gehalten hatte, das ging ihm gegen den Strich. Der war einmal sein Doktorand, er hatte ihn gehasst. Und dann auch noch fast der gleiche Name! Des Öfteren waren sie verwechselt worden. Arrogant, faul und trickreich war er. Trotzdem von einer Beharrlichkeit, die allen Versuchen Walters, ihn loszuwerden, etwas entgegensetzen konnte. Trotz seines verbogenen Charakters, oder gerade deshalb, hatte er es in der Chemie zu etwas gebracht.

In seiner Erinnerung hörte Walter die Räder des Leichenwagens durch den Kies knirschen. Die letzten Worte und die Segnung des Pfarrers. Sie drangen undeutlich durch den Sargdeckel, aber er konnte jedes einzelne Wort verstehen. Die Beileidsbezeugungen der zweihundert Trauergäste allerdings waren für ihn nur als undifferenziertes Gemurmel wahrnehmbar. Ingeborg, sein Frickelchen, und ihr Fricke mussten einiges an Stehvermögen aufbringen.

Erde zu Erde, Asche zu Asche, Staub zu Staub. Walter hörte den Sand, wie er auf den Sargdeckel klatschte. Er hörte manchen Blumenstil darauf auftreffen. Später das Gepolter der Lehmbrocken, die die Totengräber auf ihn warfen.

Dann hatte er Ruhe, endlich Ruhe.

Er lag im Grab, das war klar. Wieso aber konnte er denken? Wieso konnte er sich nach und nach an alles wieder erinnern, was seine Demenz ihm vorenthalten hatte? Wieso erstickte er nicht, hier in der Tiefe?

* * *

Ja, es gibt so viele Arten zu sterben

Wachtendonk fuhr die Kurven aus im Elbsandsteingebirge. Wunderbar, dieses Gleiten von links nach rechts und wieder zurück. Wenig Verkehr, er hatte meist beide Straßenseiten für sich. Die Harley knatterte unter ihm, was für ein satter Klang. Es war schon richtig, sich seinen Jugendtraum zu erfüllen. Rente hin oder her. Die paar Tausender mehr in der DRV, die hätten ihm nur wenige Euro im Monat zusätzlich gebracht. Und wenn es knapp wurde, konnte er sein seinen Kutter immer noch verkaufen. Kutter, so nannte er seine Errungenschaft. Denn ihr Geräusch erinnerte ihn an diese Schiffe – er hatte es immer geliebt. Schon die Fahrt von Hamburg nach Bad Schandau war ein Genuss. Nur Landstraße, keine Autobahn. Er konnte sich Zeit lassen, keine Hetze wie im Berufsverkehr oder bei seinen Außeneinsätzen. Seine Sorgen um Ilse traten vollkommen in den Hintergrund.

Helmut träumte vor sich hin. Die Blätter in der Rechtskurve nahm er wohl wahr. Was hatte er aber zu fürchten, trocken wie hier alles war. Dann ging es blitzschnell. Der Kutter brach aus und knallte gegen die Leitplanke. Helmut hatte noch nicht die Erfahrung, dass die Blattschichten innen nicht so schnell abtrockneten. Sie lagen aufeinander und waren glitschig wie dünne Eisplättchen. Helmuts Knie war zerschmettert. Er konnte sich nicht halten und kippte über die Abstützung. Fast senkrecht ging es den Berg hinab. Die Maschine glitt an der Planke entlang. An ihrem Ende stürzte sie ebenfalls in den Hang, auf dem nur einige dünne Büsche wuchsen.

Helmut ruderte mit den Armen und versuchte, ein Stämmchen, eine Wurzel oder eine Felskante zu greifen. Es gelang ihm, aber nur für den Bruchteil einer Sekunde. Er war schon zu schnell. Durch das harte Zupacken zerrissen ihm mehrere Sehnen.

Dann kam ein Überhang. Fünfzig Meter freier Fall. Instinktiv versuchte Helmut, sich abzufangen, er steckte die Hände vor wie eine Katze. Ilses Bild tauchte für einen Moment vor ihm auf. Das letzte, was er hörte, war ein dumpfer Plopp. Dann ging für ihn das Licht aus.

* * *

Gleubert war es, Gleubert hatte es geschafft. Der Oberarzt, der seine Privatstation persönlich leitete. Nicht mal dreißig Jahre jünger war er als Walter selbst, hatte gar nicht mal so lange bis zu seiner eigenen Berentung. Und Schütz, sein Assistenzarzt, hatte ihn unterstützt. Was hatten die mit ihm gemacht?

Auch daran kam die Erinnerung. Marcumar hatten sie ihm gegeben, das sollte die Blutgerinnung verhindern. Gleubert und Schütz scharwenzelten in seinen letzten Tagen andauern um ihn herum, sie wollten sein Ableben nicht verpassen. Dann war es soweit. Walter machte seinen letzten Atemzug, bald darauf tat sein Herz den letzten Schlag. Gleubert und Schütz standen dabei, sie hatten ihm vorher schon eine Kanüle in die Vene gelegt. Jetzt spritzte Schütz Substanzen in die Ader, während Gleubert eine Herzmassage durchführte. Nach einigen Minuten wechselten sie sich ab. Es ging ihnen nicht um Wiederbelebung, dann hätten sie Walter auch beatmen müssen. Nein, es ging ihnen nur darum, dass sich die gespritzten Stoffe sich im ganzen Körper verteilten. In der Hauptsache war es das Natriumsilikat, das durch die Herzmassage bis in die letzte Zehenspitze verteilt wurde. Natriumsilikat, ein chemischer Stabilisator, bekannt als so genanntes Wasserglas.

Gleubert hatte eine abstruse Theorie entwickelt. Ganz offen hatte er sich mit Schütz in Walters Zimmer darüber unterhalten. Der Greis bekam ja doch nichts davon mit, hatten sie gedacht. Was beide sicherlich nicht ahnen konnten, war, wie richtig Gleuberts Hypothesen waren.

* * *

Sterben? Nicht immer...

Anton Binger stand in der Küche, es herrschte Hektik wie immer. Es zischte und dampfte überall. Emsig sprangen fünf Kollegen hin und her, deren Chef er war. Und Claude, der Lehrling. Der rührte in seiner Sauce. Man konnte ja nie wissen – Binger ging die paar Schritte zu seinem Tiegel, zückte einen seiner Probierlöffel aus der Brusttasche, steckte die Spitze in die blubbernde Flüssigkeit, führte den Löffel zum Mund, streifte die Sauce mit dem Lippen ab und warf den Löffel in die Plastikschüssel unter dem Schnippeltisch. Eine Bewegung wie aus einem Guss, die viele Jahre Training verriet. Binger hatte immer zehn bis zwölf Löffel in dieser Tasche, waren sie aufgebraucht, griff er in den Besteckkasten und füllte sie mit einer Handvoll nach.

Die wenigen Tropfen Sauce verteilte Binger mit der Zunge zwischen Gaumen und Rachen und kostete, was Claude da zusammengerührt hatte. Mein Gott, der Kerl war im dritten Lehrjahr. Hatte er denn nichts gelernt? So was durfte nicht zu den Gästen. Der Koch packte den Tiegel am Stiel, rannte zu dem riesigen Ausguss, holte tief Luft und wollte loslegen mit seiner poltrigen Zurechtweisung. Da krachte ein Stein gegen seine Brust, so kam es ihm vor. Als würde ein Komet einschlagen. Binger stolperte und griff sich ans Herz. Der Tiegel segelte durch die Küche und schlug scheppernd irgendwo auf. Das klang jetzt wirklich nach einem aufschlagenden Himmelsköper.

Binger krümmte sich am Boden. Solche Schmerzen kannte er nicht. Er wollte schreien, aber er beherrschte sich. Stöhnen gestand er sich zu. Dieter vom Weinausschank hatte den Krach gehört und kam in die Küche gestürzt. Er sah den Koch am Boden liegen und jammern, überlegte nicht lange und rief die Feuerwehr. Bis sie kam, war Binger schon nicht mehr bei Bewusstsein.

Großes Glück hatte er gehabt, sagten ihm die Ärzte später. Herzinfarkt mit Komplikationen. Kammerflimmern, das überleben nicht viele. Zwei Wochen Intensivstation. Immer wieder Kreislaufeinbrüche, drohendes Herzversagen. Drei Stents hatten sie ihm gelegt am Anfang. Das sind die kleinen Röhrchen, die verhindern sollen, dass die Herzkranzgefäße sich sogleich wieder verschließen. Er hatte es über sich ergehen lassen, es war ihm egal, was sie mit ihm anstellten. Erst später begriff er, wieso sie ihm dazu in der Leiste herumgestochert hatten.

Vernichtungsschmerz bezeichnete sein Stationsarzt das, was er gespürt hatte. Wie recht er hatte mit diesem Ausdruck.

Langsam stabilisierte sich Bingers Zustand. Eine Handvoll Medikamente jeden Morgen musste er jetzt nehmen und nochmals die Hälfte davon am Abend. Namen, an die er sich gewöhnen musste, schwierig wie die exotischen Rezeptnamen am Anfang seiner Ausbildung. Enalapril, Bisoprolol, Verapamil, Digoxin, Molsidomin, ISMN, Metformin und Simvastatin. Gegen hohen Blutdruck, die Rhythmusstörungen, zur Kräftigung der Herzmuskulatur, Erweitern der Koronararterien, etwas gegen Zucker und zu hohes Cholesterin. Dreifach erhöhte Werte hatte er, familiär noch dazu. Kein Wunder, dass seine Angehörigen alle früh verstorben waren, das wurde Binger klar.

Wer denn sein Hausarzt sei und wieso der nichts unternommen hätte. Binger war bei keinem Arzt. Was sollte er dort, wenn er sich gesund fühlte?

Doch er kam zur Vernunft. In die Reha wollte er anfangs nicht gehen. Doch beim ersten Spaziergang in den Klinikgarten wurde er kleinlaut. Die paar Schritte, wie die ihn schafften. Von da ab war er ein Musterpatient. Er ließ das Rauchen und hielt Diät. Wäre doch gelacht, wenn er als Profikoch es nicht schaffte, fettarm und diabetesgerecht zu kochen. Das konnte man sogar mit auf die Speisekarte nehmen. Viele Gäste hatten ja ähnliche Probleme. Er würde es dem Chef des Hauses vorschlagen.

Mustergültig machte Binger mit in der Reha. Fand Freude an Sport und Bewegung. Er nahm ab und konnte sich darüber freuen. Was er nie gedacht hätte: Modellieren aus Ton bereitete ihm großen Spaß. Es kam ihm vor wie Knödel formen. Bald schuf er richtig kleine Kunstwerke. Und dachte auch dabei, das beruflich zu nutzen. Wieso nicht Buletten in Hasenform für Kinder?

Wie konnte er sich entspannen! Bei den Spaziergängen wurde ihm bewusst, wie gehetzt er war. Frühes Aufstehen, späte Ruhe, nie ohne reichlich Rotwein. Der sollte sogar gut sein, aber nicht eine ganze Flasche jeden Tag. Das Rauchen konnte er erstaunlich einfach bleiben lassen. Die Wochen auf der Intensivstation war es sowieso nicht möglich. Auch danach, ein richtiger Jieper stellte sich nicht ein. Dabei waren zuvor es zwei Packungen, mindestens. Am Anfang rauchten sie alle in der Küche, das wurde irgendwann verboten. Nur noch vor der Tür war es zugelassen. Viele Kollegen hörten auf, das war ihnen zu umständlich, und das Rauchen wurde ja auch immer teurer. Doch Binger blieb seinen Glimmstengeln treu. Er als Chef nahm sich die Freiheit, nicht nach draußen zu hetzen. Er stellte sich unter den Abzug und regelte ihn auf Maximum. Da kam nichts in die Küche.

Bingers Ehe war zerbrochen an seinem Rhythmus, doch der Beruf war ihm sein alles. Perfekt musste alles sein. Er traute seinen Mitköchen oft nicht zu, dass sie die Geschmacksrichtung so hinbekamen, wie er sie sich vorstellte.

Für seinen Chef war er ein Glücksfall. Den Ruf des Restaurants hatte er Binger zu verdanken, das wusste er. Er entlohnte ihn großzügig, doch was nutzte das Geld, wenn er an der Arbeit krepierte. Das musste anders werden, nahm Binger sich vor. Wie recht die Therapeuten hatten: Delegieren war lebenswichtig. Jetzt lief der Laden ja auch. Er wollte sich etwas gönnen, verreisen. Mit Anfang Fünfzig konnte man doch einiges unternehmen im Leben.

Tag der Entlassung – am nächsten Tag Wiederkehr zur Arbeit im Restaurant. Der Reha-Arzt riet dringend zu mindestens nochmals vier Wochen Erholung. Davon hielt Binger gar nichts. Zum Hamburger Modell ließ er sich zumindest überreden. Und er sollte auch wirklich die vier Stunden am Tag einhalten und sich nicht gleich wieder überlasten. Binger versprach es halbherzig.

* * *

Die Krankenschwestern waren eingeweiht. Gleubert rief zwei Helferinnen zu sich. Zu viert legten sie Walters Leiche auf eine Bahre und fuhren sie in den Sektionsraum. Die Ärzte fingen aber nicht an, sie zu obduzieren, sondern schnallten sie auf einem Gestell fest, ähnlich einem Untersuchungsstuhl beim HNO-Arzt. Schütz musste mit Haken den Mund aufhalten, Gleubert ließ das Licht ausmachen und stierte in den offenen Rachen. Nach einigen Minuten erschien im Schlund ein grünes Licht. Das war es, was Gleubert sehen wollte. Er wechselte Schütz an den Haken ab, damit auch er sich überzeugen konnte, dass es dort glomm.

Gleubert war wieder an seinem Beobachtungsposten. Nach einer Weile sagte er: »Es wird schwächer. Noch, noch, noch ist es da.« Angespannte Ruhe. Dann sein abschließender Satz: »Jetzt ist es aus! Schwester Magdalena?« Gleubert musste seine Frage nicht ausformulieren. »Siebzehn Minuten und fünfunddreißig Sekunden«, antwortete sie.

Beide wurden regelrecht euphorisch. »Das bedeutet«, behauptete Gleubert, »mindestens 15 Monate Phosphatkreislauf!« Siegestrunken packten sie die Leiche zurück auf die Trage, fuhren sie ins Zimmer, die Schwestern machten sie schön zum Abschiednehmen für die Verwandten. Aber war das wirklich eine Leiche, die da lag?

Phosphatkreislauf, aha. Walter war sich sicher, dass sein neues Denkvermögen daher rührte. Fünfzehn Monate hatte Gleubert ihm gegeben. Fünfzehn Monate. Käme dann das Ende seiner Wellness-Bestattung? Und wie viel davon war bereits um?

Sonderlich schrecken konnte Walter der Gedanke an das endgültige Ende keineswegs. Fünf Jahreszeiten hatte Gleubert ihm geschenkt und ihm sein Gedächtnis wiedergegeben. Nein, nicht nur wiedergegeben, aufgefrischt hatte er es. Ein regelrechtes Supergedächtnis hatte er ihm beschert. Es kam Walter so vor, als könne er sich an jede einzelne Minute seines langen Lebens erinnern. Ja, er konnte sich sogar an die Darmgeräusche seiner Mutter erinnern, als er in ihrem Schoße lag. Er konnte sich erinnern, wie er mit Armen und Beinen gegen die Enge ihrer Gebärmutter angekämpft hatte. Und wie Fetzen ihrer Stimme an seine kleinen Ohren gedrungen waren.

Sein Zustand jetzt, hier unter der Erde, war dem im Mutterleib sehr, sehr ähnlich. Aber würde eine neue Geburt erfolgen?

Phosphatreihen, die waren der Schlüssel. In jeder lebenden Zelle ist der Bauplan des gesamten Individuums in der Kernsäure, der DNA, festgeschrieben. Diese Säure setzt sich aus ewig langen Ketten von einzelnen Nukleotiden zusammen. Über drei Milliarden sind es beim Menschen, aufgeteilt auf 46 Chromosomen.

Gut, das ist Biologie, das wird nicht jeden interessieren. Da ohne dieses Wissen die Grundlagen der Gleubertschen Forschungen nicht zu verstehen sind, soll trotzdem etwas weiter darauf eingegangen werden.

Vier verschiedene Nukleotiden gibt es davon – sie sind vergleichbar mit Buchstaben. Eine Gebrauchsanweisung, die sich aus vier Lettern zusammensetzt, nämlich A, C, G und T. Diese Buchstaben sind die Abkürzungen für die Basen, durch die sich die Nukleotiden unterscheiden.

Die einzelnen Buchstaben sind verknüpft mit Phosphorsäure, auch Phosphat genannt.

Doch nicht nur die Anleitung zum Aufbau jeder Zelle besteht aus DNA, die Gedankeninhalte sind in dieser Form gespeichert.

Gleubert hatte die geniale Idee, die Phosphate genauer zu untersuchen. Zentrum der Phosphorsäure ist natürlich ein Phosphor-Atom. Dieses gibt es in acht verschiedenen Varianten, acht Isotopen. Gleubert stellte fest, dass zu jedem Buchstaben immer ein ganz bestimmtes Isotop gehörte.

Die Aufgabe der Kernsäure in den Zellen, nämlich den Aufbau von Eiweißen zu steuern, ist nur möglich mithilfe der Nukleotiden. Ihre Information aber, die ist bereits in den Phosphatreihen gespeichert. Und das Phosphor-Isotop hat nur etwa ein Zehntel des Gewichts eines Nukleotiden.

Die Botschaft in den Phosphatreihen entsprach also der Botschaft der DNA, so Gleuberts Forschungsergebnis. Es galt, diese zu stabilisieren, dann bliebe sämtliche Information erhalten. Und genau das war Gleubert gelungen.

Inspiriert worden war er durch die Akupunktur. Deren Wirkung wurde von den Chinesen als Energiekreislauf angesehen, von den westlichen Medizinern als ein Reflexgeschehen. Die alten Chinesen hatten die richtige Ahnung, wussten aber nicht, dass der Interzellularraum die entscheidende Rolle spielte. Das ist die Flüssigkeit zwischen den Körperzellen. Und darin gibt es, neben Blutkreislauf und Lymphstrom eine eigene Zirkulation. Die Flüssigkeit bewegt sich einmal in 24 Stunden entlang aller Meridiane und Akupunkturpunkte. Dann beginnt der Kreislauf von vorne.

Gleubert hatte es mit seinen Mitteln nicht nur geschafft, die Phosphate zu Reihen aneinanderzufügen und vor dem Zerfall zu bewahren, nein, ihm war es auch gelungen die Meridian-Passage aufrecht zu erhalten. Walter zog im Geiste vor Gleubert seinen Hut. Ein Wissenschaftler, der den Nobelpreis verdiente. Das Komitee würde sich entscheiden müssen, ob für Medizin oder für Chemie.

Nun lag Walter in seiner kühlen Ruhestätte und spann seine Gedanken, die ebenfalls eines Nobelpreises würdig gewesen wären.

Bewegen konnte sich der Professor nicht, aber etwas bewegte sich, dank Gleubert und Schütz noch immer in seinem Korpus. Das waren die winzigen Membranen und Mikrovilli, die als Zellanhängsel in den Interzellularraum hineinragten und mit kleinen, feinen Bewegungen die Zirkulation aufrechterhielten. Energie lieferte sein zerfallender Körper, und der wäre irgendwann aufgebraucht. Die übrig gebliebenen Knochen konnten kaum die Meridianbahnen weiterbetreiben.

Energie musste her, wenn er seine Frist verlängern wollte. Was aber tun, wenn Walter nicht zu Edeka marschieren und Traubenzucker kaufen konnte?

* * *

... ODER DOCH?

Binger trat seinen Dienst frohgemut an. Wie freute er sich auf Kochkleidung und die Mütze, das Päckchen Probierlöffel in der Brusttasche. Wie hatte er das alles vermisst. Die Begrüßung lief unterkühlt ab. Kein Wunder, beliebt hatte er sich mit seiner cholerischen Art mit Sicherheit nicht gemacht. Fast frostig wirkte Herr Tann, der sich als Bingers Vertretung vorstellte. Er lächelte verkrampft, als er die Hand reichte, doch Binger spürte sein Misstrauen. Tann teilte ihm als erstes mit, der Chef wolle ihn sprechen.

Binger ging in sein Büro. Der Chef eröffnete ihm, es habe sich einiges geändert. Die Speisekarte sei überholt worden; Tann habe sich bewährt. Wie es weiter gehen solle mit zwei Chefköchen, das wisse der Restaurant-Besitzer noch nicht. Binger solle halt erst mal seine vier Stunden machen, er würde sich was einfallen lassen.

Keine Frage, wie es seinem alten Sternekoch ging, kein Wort der Anteilnahme.

Hoppla. Etwas anders hatte sich Binger den Wiedereinstieg vorgestellt. Tann war nicht sein Typ, das wurde ihm in den vier Stunden klar. Und er kehrte hier den Chefkoch raus. Er gab Binger Anweisungen, kritisierte seine Kochkunst. Er erlaubte sich, seine Suppe abzuschmecken, das durfte doch nicht wahr sein. Vollkommen andere Gewürze standen herum, und die benutzte Tann eifrig.

Binger war froh, als die vier Stunden herum wahren. Das was er an Gelassenheit gelernt hatte in der Kur, das hatte den Praxistest nicht bestanden. Bevor er das Restaurant verließ, ging er zum Zigarettenautomaten und zog sich seine Gauloises. Eine wollte er sich gönnen. Die rauchte er auf dem Nachhauseweg. Verdammt, was sollte er machen? Vielleicht sich doch weiter krankschreiben lassen? Binger glaubte nicht, dass das den Chef gefreut hätte.

Nach dem kurzen Gespräch schien es ihm so, als hätte der Tann schon längst ins Herz geschlossen. Binger holte sich eine Flasche trocknen Bordeaux. Am Abend war sie leer, die Packung Gauloises auch.

Nächster Tag: Mit wenig Freude und leichtem Kater zum Dienst aufgerappelt, vorher noch neue Kippen besorgt. Binger versuchte, Tann auszuweichen. Doch der schien ihm auf den Fersen zu kleben, gab ihm sogar Anweisungen. Ihm wurde heiß, und zwar nicht vom Dampf aus den Töpfen. Diskussionen, kurz und knackig ausgetragen, unterschwellig gereizt.

Zwei Probierlöffel fuhren fast gleichzeitig in die Bratensoße, Tanns und Bingers. Es war Bingers letzter aus der Brusttasche. »Mehr Majoran«, sagte Tann knapp. »Idiot«, dachte Binger, sagte aber nichts. Er ging zum Abzug, den Löffel noch in der Hand, stellte die Lüftung auf Maximal und zündete sich eine Gauloise an.

Tann kam zu ihm, nahm ihm die Zigarette aus der Hand und erklärte entschieden: »Hier nicht!« Er löschte die Glut mit einem Wasserstrahl und warf die Zigarette in den Abfall. Dann kehrte er zu Binger zurück, blickte ihm fest ins Gesicht und sagte vorwurfsvoll:

»Wie kann ein Koch nur rauchen? Verdirbt Geruch und Geschmack!« Er drehte sich um, und Binger hätte ihm am liebsten in den Hintern getreten.

Doch der Komet schlug nochmals ein. VERNICHTUNGSSCHMERZ, schoss es durch Bingers Kopf. Sein Löffel klimperte auf den Boden, noch bevor er selbst unten ankam. Den Löffel, den gebe ich jetzt ab. Das war der letzte Gedanke des Sternekochs. Und damit hatte er recht.

* * *

Gleubert hatte Walter nicht nur ein Supergedächtnis geschenkt, nein auch ein Supergefühl. Eines Tages spürte der Professor ein Stocken im Magenmeridian. Er fürchtete, das sei der Anfang des Endes. Wenn seine Phosphatreihen hier hängen blieben, dann würde es nicht mehr lange dauern, und sie würden zerfallen. Die anderen Meridiane würden folgen. Und dann wäre er endgültig tot, lange bevor die fünfzehn Monate um waren. Oder waren sie es bereits? Ein Gefühl für den Zeitablauf, das war Gleubert ihm schuldig geblieben.

Der Chemieprofessor freute sich, dass er zumindest nicht in Panik verfiel. Entspannt richtete er seine Konzentration auf den kranken Meridian und imaginierte, wie die Mikro-Membranen sich stärker bewegten. Wirklich, Zeitgefühl wäre schön gewesen. So wusste Walter nicht, wie lange es dauerte, bis das unbehagliche Gefühl verschwand. Ja, es war durchaus mit einer Art Übelkeit zu vergleichen. Das war nach einer Weile weg, und es hätte ihn stark interessiert, wie lange es gedauert hatte.

Walter wurde sich dadurch bewusst, es wurde ihm immer klarer, dass er Einfluss auf die Mikrozirkulation hatte. Seine Vorstellungskraft war der Schlüssel. Er überlegt sich weitere Konsequenzen, dachte in alle Richtungen. Und plötzlich war sie wieder da, die Übelkeit, doch längst nicht so stark wie zuvor.

Da wusste Walter, dass 24 Stunden um waren. Er reparierte den kleinen Schaden, jedoch nicht vollständig. So würde er am nächsten Tag auch erfahren, wann die Magenpassage ablief. Er hatte seine innere Uhr gefunden.

Doch damit nicht genug. Walter begann zu experimentieren. Er erzeugte ganz bewusst kleine Störungen in allen seinen Meridianen. Diese gewahrte er jeweils nach einem Tag erneut und konnte spüren, welcher Meridian gerade aktiv war. So hatte er eine Uhr, die ihm Zweistunden-Abschnitte bekannt gab. Fast schon soviel, wie eine Kirchenuhr die Umgebung wissen lässt.

Nun konnte der Professor genau angeben, wie lange der nächste Fortschritt dauerte – vier Wochen und drei Tage nämlich. In dieser Zeit hatte er seine Sensibilität für den Phosphatkreislauf verfeinert. Er konnte genau sagen, an welchem Punkt er sich befand. Er bedauerte nur, dass er sich nie mit Akupunktur befasst hatte. Es hätte die Bestimmung erleichtert. Was er wusste, das hatte er einzig und alleine durch die Gespräche zwischen Gleubert und Schütz aufgeschnappt. Aber immerhin, nun hatte er eine Uhr, die fast minutengenau ging. Was den untoten Professor besonders erfreute war die Tatsache, dass neue Phosphatreihen angelegt wurden. Sein Denken blieb ihm erhalten. Der Beweis: Was er seit seinem Tod überlegt hatte, an all das konnte er sich erinnern.

Es dauerte fast vier Monate, da hatte Walter eine neue Eigenschaft entwickelt. Er wurde sensibel für seine Umgebung. Er spürte die Stoffe um ihn herum. Da war die Zellulose der Papierkleidung, in die man ihn zur Bestattung gesteckt hatte. Da waren die Wolle seiner Socken, das Leder seiner Schuhe und das Holz auf dem er lag. Er konnte sogar verschiedene Farbstoffe in seiner Umgebung unterscheiden.

Konnte ihm diese Eigenschaft etwas nutzen?

Sie konnte. Walter trainierte seine Mikromembranen und Mikrovilli, das sind die kleinen Vorsprünge seiner zerfallenden Zellen. Fast ein halbes Jahr dauerte es, aber dann konnte er winzige Kanäle in seine Umgebung bauen, in die Zellulose, die Wolle und das Leder hinein. Gleichzeitig konnte er das Material zersetzen und mit den Mikrovilli die energiereichen Bestandteile zu sich bugsieren. Das klappte, ja es klappte.

* * *

Pilze sind eine wundervolle Art Lebewesen. Neben Tieren und Pflanzen bilden sie in der Biologie ein ganz eigenes Reich. Es gibt darunter winzig kleine, einzellige Exemplare, beispielsweise die Hefepilze, die nur ein Hundertstel Millimeter groß werden. Und es gibt Hallimasche, die 600 Tonnen wiegen. Unvorstellbar, aber wahr. Der Riesenpilz lebt in Oregon in den USA und erstreckt sich über eine Ausdehnung von rund 1200 Fußballfeldern. Der Koloss ist mindestens 2400 Jahre alt. Er nagt Bäume an und hat im Jahr 2000 zu einem regelrechten Waldsterben im Malheur National Forest geführt. Dadurch wurde man erst auf ihn aufmerksam.

Bei Pilzen ist das, was aus der Erde herausschaut, nur der kleine, sichtbare Teil – der Fruchtkörper. Die Riesenmasse besteht aus Millionen von Fäden, die sich durch den Boden, durch Holz und anderes organisches Material schlängeln. Sie können sich zu Bündeln zusammenfinden und bilden auch den Fruchtkörper. Der sieht nur mit bloßem Auge so aus, als wäre er ein eigenes Organ. In Wirklichkeit besteht er aus verklebten und verfilzten Hyphen.

Die Gesamtheit aller Hyphen ist das Myzel. Die Myzelien vermehren sich einerseits durch Abspaltung und Wachstum in die Umgebung, andererseits durch die Bildung der Fruchtkörper, in denen sie Sporen reifen lassen.

Die Hyphen sind oft feiner als Pflanzenwurzeln, sie können sich in viel engere Bodenspalten schlängeln. Die meisten Pflanzen leben in Symbiose mit Pilzen. Deren Hyphen schlängeln sich um die Wurzeln und geben ihnen Nahrung ab, die sie von dort holen können, wohin die Wurzelfasern niemals gelangen könnten. Die Pflanzen hingegen versorgen den Pilz mit Kohlehydraten, die sie mit Photosynthese erzeugt haben.

* * *

Die fünfzehn Monate waren mit Sicherheit um, und Walter konnte immer noch denken und empfinden. Er beglückwünschte sich zu seiner neuen Geburt.

Doch hatte er sich nicht zu früh gefreut? Die weicheren Begleitstoffe waren aufgebraucht, das letzte bisschen Zellulose, Stoff und Leder. War das der Grund, weshalb in früheren Kulturen den Toten reichlich Lebensmittel als Grabbeigabe überlassen wurden? Wussten die längst das, was er hier gerade entdeckte?

Der Professor musste all seine Kraft zusammennehmen, um das Holz des Sarges zu verdauen. Doch es gelang ihm, er wurde regelrecht Meister darin. Der Deckel krachte eines Tages auf ihn herunter. Walter meinte, das sogar hören zu können. Nun konnte er diesen Teil des Sarges aufbrauchen, er spendete ihm ein halbes Jahr lang Kraft. Aber auch damit war es irgendwann vorbei.

Wieder kam ein Einbruch in der Energieversorgung und damit eine neue Herausforderung. Walter aber war inzwischen Weltmeister im Kanälchen-Bauen. Wie ein Schimmelpilz bildete er Fortsätze aus, lange Fäden, die Hyphen entsprechen. Er orientierte sich zur Oberfläche hin. Bald traf er auf ein Rattennest unter seiner Grabeinfassung. Das war ein Glücksfall. Die Ratten schleppten genügend Nahrung heran, eine ganze Familie war es. Sie ernährten den Professor mit, ohne es zu ahnen. Zudem fand Walter einiges an toten Würmern und Mikroorganismen. Alles Organische konnte er zerlegen und für sich nutzen.

Aber nicht einmal in der letzten Ruhestätte ließ man ihn in Ruhe. Jemand entdeckte die Ratten und rottete sie aus. Dieser Jemand war niemand anderes als seine Tochter Ingeborg. Sie ekelte sich vor den Nagern und bestellte einen Kammerjäger. Schade. Eine sichere Energiequelle weniger. Walters Bedarf wurde nämlich größer. Meterweit breitete er sich in die Umgebung aus. Ein Netz bildete er, Tausende von Hyphen, wie das Myzel eines Pilzes. Damit ließ es sich leben. Und damit stieß er schließlich an sein Nebengrab.

* * *

Doch, es gibt viele Arten zu sterben

Ihre Großmutter hatte Brustkrebs, sie war daran gestorben. Ihre Mutter hatte sie gepflegt bis zu ihrem Tod. Dann bekam die Mutter selbst Brustkrebs. Es zog sich über mehrere Jahre hin. Alle Maßnahmen waren vergebens. Die Mutter starb in ihren Armen.

Cornelia Mertens ließ sich schulen. Die Krankenkasse bot Kurse an. Sie tastete sich ab, wie sie es gelernt hatte. Sie ging zur Vorsorge, alle halbe Jahre; Mammografie alle zwei Jahre.

Und dann doch ein Knoten. Bösartig. Amputation, Chemotherapie, die Haare weg, Hoffen. Es ging einige Jahre gut, dann ein Rezidiv. Wieder die ganze Prozedur. Hoffen, quälen, zweifeln. Hadern mit dem Schicksal, das nichts nutzte. Schmerzen, immer mehr Schmerzen, Morphium linderte, machte sie aber auch benommen. Das wollte Cornelia nicht. Appetitlosigkeit und Übelkeit. Immer wieder Erbrechen. Abmagern, keine Kraft. Lungenmetastasen, die regten sie schon nicht mehr auf. Es war kein Leben mehr. Cornelia schaffte es nicht mehr aus dem Bett. Ihre Tochter Bettina war da. Sie hatte sich Urlaub genommen. Sie versorgte die Mutter mit dem bisschen Essen, das sie zu sich nehmen wollte. Sie wusch sie und schob ihr die Bettpfanne unter.

»Pass gut auf dich auf, mein Liebes«, sagte Cornelia zu Bettina.

»Das werde ich«, versprach die Tochter. »Mama, ich habe mich testen lassen. Das kann man heute machen. Ich habe das Gen nicht.« Cornelia schloss die Augen, glücklich. Vielleicht war der Familienfluch durchbrochen. Sie musste ihre Augen nicht mehr öffnen.

* * *

Ein frischer Sarg. Hartes Holz. Walter nagte es ab. Er drang vor zur Kleidung der Leiche. Er fraß sie auf. Die Leiche selbst wäre eine kräftige Speisung gewesen. Der Professor überlegte, ob er sie sich wirklich einverleiben oder mit ihr etwas ganz anderes versuchen sollte.

Er kannte ja all die Substanzen, die Gleubert für ihn benutzt hatte. Das Natriumsilikat konnte er aus der Umgebung herausfiltrieren oder aus Ausgangsstoffen selbst zusammensetzen. Soweit hatte er seine Hyphen bereits trainiert.

Zum ersten Mal saugte Walter nicht mehr alles zu sich heran, sondern schleuste gezielt die richtigen Stoffe zu seinem neuen Nachbarn. Er umgarnte den ganzen Körper mit seinen Hyphen und schleuste alles, was er brauchte, zu ihm hin. Und tatsächlich, der Chemiker spürte, dass der fremde Körper nicht weiter zerfiel.

Walter musste nun für Zweie sorgen. Sein Energiebedarf verdoppelte sich. Nein, er verdreifachte sich, denn er musste den Nachbarn nicht nur versorgen, er musste auch die Schäden reparieren, die die Verwesung bereits angerichtet hatte.

Das war die Zeit, in der Frau Fricke es kaum noch schaffte, die Bepflanzung über ihrem Vater am Leben zu erhalten. Sie konnte nicht wissen, wie sehr sie ihm mit ihrem Düngen das Leben erleichterte. Die Ausrottung der Ratten glich sie damit mehr als aus.

In der Tiefe aber gingen die Ereignisse weiter. Walter spürte, wie der Nebenmann allmählich zum Leben erwachte. Er bekam die Gedanken, die sich neu bildeten, mit – so als würde der Nachbar im Halbschlaf Selbstgespräche führen. Bald schon wusste er, dass es kein Nachbar war, sondern eine Nachbarin, Margot Hensel, mit 88 Jahren gestorben an einem Schlaganfall. Sie hatte drei

Monate danach in einem Rollstuhl verbracht, kam mit ihrer Behinderung nicht zurecht, gab sich regelrecht auf. Sie bekam eine Lungenentzündung, die sie dahin raffte. Das Sterben empfand sie als schön, sie konnte loslassen, sich gehen lassen, dem Elend der Welt entsagen.

Über vierzig Jahre lang war sie Fleischereiverkäuferin, war zweimal verheiratet, ihr Erster war mit Mitte Zwanzig in den letzten Kriegstagen gefallen. Er hinterließ ihr ein Mädchen, die in alter Familientradition ebenfalls Margot getauft wurde. In den Fünfzigern heiratete sie ihren Klaus und bekam mit ihm nochmals zwei Kinder, einen Jungen und für ihn ein Schwesterchen.

Walter war begeistert, als er gewahrte, dass die Denkprozesse bei Frau Hensel begannen. Das erinnerte ihn an sein eigenes Wiedererwachen, das gar noch nicht lange her war. Und am meisten freute es ihn, wie ungläubig am Anfang, dann aber überglücklich die alte Dame bemerkte, dass sie nicht tot war, nicht richtig jedenfalls.

Der Professor ließ Frau Hensel ganz und gar zu sich kommen, dann stellte er sich vor. Sie war erstaunt, dass da noch einer war außer ihr selbst. Bald aber schon fand sie einen riesigen Gefallen daran, sich zu unterhalten. Walter tat das genauso gut. Endlich jemand, mit dem er sich austauschen konnte. Zwar eine Verkäuferin nur, aber was sollte es? Die Zeit, alleine vor sich hin zu denken, die war vorbei. Alle Ideen konnte er mit ihr durchsprechen. Es war sogar so, dass er ein paarmal auf vollkommen neue Gedanken kam, nur weil er gezwungen war, sich verständlich auszudrücken.

Und sonderlich primitiv war Margot keineswegs. Ja, sie hatten sich sehr schnell auf das »Du« geeinigt. »Wolfgang«, stellte der Professor sich vor. »Margot«, hatte die Nachbarin geantwortet.

Walter ließ sich Zeit, Frau Hensel zu erklären, wie es kam, dass das so ablief, wie es hier ablief. Er unterrichtete sie, wie sie ihre Mikromembranen und -villi beeinflussen konnte. Und als sie das ausreichend beherrschte, erklärte er ihr auch, wie sie die Hyphen erzeugte. Margots großes Hobby war die Spitzenklöpplerei. Darin war sie eine wahre Meisterin, der niemand etwas vormachen konnte. Lange Jahre hatte sie Kurse gegeben an der Volkshochschule Hamburg Harburg. In den letzten Jahren hatte das Interesse daran aber stark nachgelassen.

Doch Margots Kenntnis der Flecht- und Webkunst kam ihr anscheinend unter Tage zugute. Bald schon übertraf sie Walter im Ausbau ihres Myzels. Das impnierte dem Professor gewaltig. Was die beiden verwunderte war, dass dieses ab sofort für beide funktionierte. Walter profitierte nicht unerheblich von den Fähigkeiten seiner neuen Weggefährtin. Er konnte sich auf andere Arbeiten konzentrieren.

* * *

JEDER STIRBT FÜR SICH ALLEIN

Geradeaus, immer geradeaus. Eberhard lief, er lief und lief. Er musste zur Arbeit. Er musste in das große Haus kommen, wo man ihn einließ. Wohl fühlte er sich nicht beim Gehen. Was es genau war, was ihm unangenehm war, das wusste er nicht. Er wusste nur, er war entkommen. Nie wollten sie ihn gehen lassen. Wenn er auf ihr Locken nicht einging, dann führten sie ihn eben zurück. Bis er vergessen hatte, was er wollte.

Diesmal aber war er entkommen, niemand verfolgte ihn. Er war zufrieden, aber er fror. Seine dünne Kleidung war nicht ausreichend für das kalte Wetter im späten November. Er zitterte, seine Zähne klapperten. Ja, Frieren war das, was ihm nicht bekam. Aber dies kümmerte ihn nicht, er musste weiter. Zielgerichtet lief er seinen Weg.

Die Stadt lag schon eine Weile hinter ihm, hier wurde es ruhig und einsam. Obwohl es lange her war, dass er das letzte Mal hier war, wurde ihm die Gegend vertrauter. Immer mehr erkannte er sie wieder.

Es war nicht der Weg zur Arbeit, aber das machte nichts. Das war der Weg nach Hause. Das war sogar viel besser.

Alles war so, wie er es in der Erinnerung hatte. Jetzt musste er vom Weg abbiegen, ein Stück über einen vermoderten Fußweg gehen, und endlich stand er vor dem zerfallenen Gebäude. Das Haus hatte sich nicht viel verändert. Es war unbewohnt geblieben, nach der Kriegsbeschädigung hatte es niemand mehr aufgebaut.

Es sah in etwa noch so aus, wie er es das letzte Mal gesehen hatte. Doch die Spuren der Jahre hatten ihm zugesetzt.

Eberhard Mayer ging zur Eingangstür. Sie war nur angelehnt, stand einen Spalt offen. Er spähte hinein.

Der Raum hatte das Dunkel des beginnenden frühen Abends bereits vorweggenommen, es war nichts zu sehen. Deshalb drückte Mayer leicht gegen die Tür. Sie gab knarrend nach. Dann ein Schlag. Krachend fiel sie aus den Angeln und knallte in den Raum. Der Schreck fuhr Mayer in die Glieder. Doch fasste er sich bald.

Langsam, vorsichtig, schritt er in die Diele. Es war duster, doch seine Augen gewöhnten sich bald an das Licht.

Einige Einrichtungsgegenstände standen noch dort, wie er sie kannte. Vorsichtig betastete er einen Stuhl, eine Fensternische, einen Sims an der Wand. Langsam ging er weiter, öffnete vorsichtig Tür für Tür, wobei er sie festhielt, damit sie nicht wieder umfiel. Vieles fand er wieder. Bekannt, vertraut, aber staubbedeckt, zum Teil zerfallen, zerstört. In der Küche der Herd, das Spülbecken, zerbrochenes Geschirr. Sonst nichts. Tische, Stühle, der Schrank: verschwunden.

Erst zuletzt ging er ins Wohnzimmer. Dieses lag völlig im Dunkeln und seine Augen mussten sich erneut an das spärliche Licht gewöhnen. Eine Lampe hatte er nicht mit, doch nach und nach konnte er etwas erkennen. Er sah sich um. Alles war leer. Leere, kahle Wände, wohin er blickte.

Die Fenster vernagelt. Eberhard Mayer war betreten. Ein Druck lastete auf ihm. Von Anfang an hatte er ihn undeutlich gespürt, aber jetzt war er ganz deutlich. Diese Leere! Angst? Sollte er gehen?

Noch ein Blick über die Wände. Nichts. Spinnen, Ratten? Nichts.

Hunger. Hunger und Kälte. Und müde. Wo war sein Bett? Das war doch sein Zimmer, hier hatte das Bett gestanden, dort der Schrank. Eberhard suchte: Keine Decke, nichts zum Überziehen. Er fror erbärmlich. Essen. Die Speisekammer: Die Regale herausgerissen, leer. Hier standen doch immer die Einmachgläser. Nichts, nichts, nichts.

Mayer musste weg. Er kam doch irgendwoher, wo es immer warm war, wo man ihm sein Essen hinstellte. Eine schöne, warme Suppe. Der Gedanke steigerte den Hunger ins Unermessliche. Er musste weg. Er musste zurück. Hier war doch sowieso alles kaputt. Doch wo war das, wohin er musste?

»Mama!«, rief Eberhard, wie er es als Kind oft getan hatte. Nicht immer hatte sie geantwortet. Nochmals: »Mama!«

»Mamma! Mamma! Mamma!«, lauter, immer lauter. Eberhard war den Tränen nahe. Hunger. Frost. Müdigkeit. Es war ein langer weg, hierher. Und er musste zurück. Er drehte sich um und ging. Die Sonne war weg, er musste sich hinaustasten.

Laufen, weiter. Die Richtung war Eberhard Mayer egal. Weg hier. Ins Warme. Den Weg konnte er nur mehr erahnen, es war fast nichts zu sehen. Er merkte nicht, dass er den Weg längst verlassen hatte.

Eine Unebenheit. Eberhard Mayer knallte der Länge nach hin. Nun auch noch Schmerzen. Die waren ihm beinahe egal. Diese Müdigkeit. Die war jetzt das Schlimmste. Etwas ausruhen, und dann weiter.

Eberhard Mayer war aus dem Altenheim verschwunden. Vier Monate hatte man von ihm keine Spur. Spaziergänger fanden ihn im nächsten Frühjahr, einige Kilometer entfernt von seinem zerfallenden Elternhaus. Tod durch Erfrieren, stellte der Gerichtsmediziner fest. Kein Anhalt für Fremdverschulen.

* * *

Die Arbeit, auf die sich Wolfgang Walter nun konzentrierte, das war der Aufbau der Kommunikation. Über die Hyphen dauerte alles ewig lang. Man schickte einen Satz los und musste fünf Minuten auf Antwort warten. Walter experimentierte mit seinem Vorstellungs-Werkzeug eine Weile herum. Er schaffte es, die Kanälchen zu variieren. Aber was er auch anstellte, er schaffte es nicht, Informationen damit zu verschicken.

Einfach, um nicht die ganze Zeit alleine zu grübeln, sprach er Margot darauf an. Er empfand das als Monolog, doch diese Frau sagte ihm plötzlich, er könne doch versuchen, Kalziumatome kodiert in Ionen umkippen zu lassen.

»Woher weißt du denn etwas von Ionen?«, wollte Walter verblüfft wissen.

»Na, du hast es mir doch selbst erklärt. Und schwer von Kapee war ich noch nie.«

Dieser Denkanstoß war Gold wert. Walter spann Fasern, eine vollkommen neue Sorte. Sie waren nicht mehr in der Lage, Stoffe aus der Umgebung heranzutransportieren, aber sie gaben Informationen weiter. An den Kanälchen kippten tatsächlich Atome in codiertem Rhythmus in Ionen um oder umgekehrt und konnten von Margot zurück übersetzt werden.

Was vorher Minuten dauerte, das lief jetzt in Sekunden ab. So schnell, wie sich die Lebenden unterhalten konnten, ging es immer noch nicht. Die Lebenden nahmen ja kaum wahr, dass der Schall von Mund zu Ohr Zeit benötigte. Beim Unterhalten denkt niemand an die Physik, die das ermöglicht. Der Hörer hat ein Gefühl von Gleichzeitigkeit. Sprechen und Hören scheint ohne Verzögerung abzulaufen. Nur beim Gewitter wird uns bewusst, dass der Schall zu unserem Ohr deutlich länger braucht als das Licht zum Auge.

Margots Anregung hatte Wolfgang Walter gewaltig beeindruckt. In der Hensel steckte mehr, als er vermutet hätte. Blind war er gewesen, geistig blind. Fortan suchte er immer wieder das Gespräch mit ihr, erkundigte sich nach ihrem Leben und ihren Erlebnissen. Und berichtete bereitwillig von seinen.

Dank Margots Fähigkeiten im Umgang mit Fasermaterialien wuchs das Myzel schneller und kräftiger. Bald stießen sie und Wolfgang auf das nächste Grab. Wieder wurde ein Mensch gerettet. Diesmal waren es zwei Untote, die sich ans Werk machen konnten. Der Sarg war viel schneller abgebaut, die neue Leiche bald umsponnen. Die Verwesung war noch nicht so stark, die Reaktivierung der Phosphatreihen geschah beinahe Ruckzuck. Margot und Wolfgang wohnten dem zögerlichen Erwachen des Neuen bei. Sie freuten sich an seinem neuen Bewusstsein. Stolz konnten sie ihm erklären, wie sie es schafften, dem Tod ein stilles Dasein abzutrotzen.

Ein junger Mann war es, Motorradunfall. Gerade mal 45 Jahre alt. Er hatte sich eine Harley geleistet und wollte eigentlich nur gemütlich damit herumpöttern. Urlaub im Herbst im Elbsandsteingebirge. Tolle Steigungen, tolle Kurven. Etwas feuchtes Laub aber brach ihm sein Genick, im wahrsten Sinne des Wortes. Er schoss 50 Meter in die Tiefe, war sofort tot. Die Angst, die konnte er noch nachspüren, an Schmerzen konnte er sich nicht erinnern.

Die Schilderung war für Margot aufregend. Sie hakte mehrfach nach. Wie das denn war, den Steilhang hinunter zu purzeln. Er muss doch mehrfach aufgeschlagen sein – und dann keine Schmerzen? Nein, die hatte er nicht, bestätigte der Biker. Nicht einmal richtig Angst hätte er bekommen. Das sei alles viel zu schnell gegangen. Er hatte nur immer wieder versucht, sich noch an einem Felsvorsprung oder einer Wurzel festzuhalten.

Margot hingegen schilderte ihm, wie sehr sie gelitten hatte, als sie ihre linke Seite nicht mehr gebrauchen konnte. Ganz besonders, dass es mit dem Klöppeln endgültig vorbei war. Und die Peinlichkeit, nicht mehr das aussprechen zu können, was sie sagen wollte.

»Zum Glück die linke Hand«, versuchte der Neue zu trösten. »Da konnten Sie sich doch mit der rechten noch einigermaßen behelfen.«

»Eben nicht«, widersprach Margot. »Ich bin doch Linkshänderin.«

Wolfgang hörte dabei gar nicht richtig hin. Schon wieder so eine Sterbegeschichte. Vorbei und Vergangenheit. Er blickte lieber in die Zukunft. Aber er ließ die beiden gewähren. Es konnten ja nicht alle so abgebrüht sein, wie er selbst. Es imponierte ihm, wie einfühlsam Margots war. Eine phantastische Frau.

Helmut Wachtendonk stellte der Harley-Fahrer sich schließlich vor. Man kam sogleich überein, sich zu duzen. Auch Helmut begriff schnell, wie er sich mit Energie und Nahrung versorgen konnte. Wenn auch diese Nahrung nicht das war, was er zu Lebzeiten damit verband. Von Phosphat und ATP verstand er nicht viel, er hatte nie ein Faible für Chemie. In der Schule hatte er das Fach gehasst. Aber bald erspürte er genau, wie er zu den Stoffen kam, die er benötigte.

Nun schafften sie zu dritt an dem Myzel. Sie durchwebten die Erde. Sie kamen an viele alte Gräber. Intensiver aber verteilten sie das Geflecht an den freien Flächen, konzentrierten sich besonders auf den Raum direkt neben Helmut. Dort war die nächste Beerdigung zu erwarten.

Die ließ nicht lange auf sich warten. Zwar wurden die Hyphen durch die Totengräber zerstört. Das bekamen die Untoten mit, das konnten sie erspüren. Dadurch wussten sie, dass eine neue Beisetzung bevorstand. Lange bevor der Sarg herabgelassen wurde, hatten sie den Boden des Grabes mit ihren Myzelausläufern durchsetzt. Sobald der Sarg aufsetzte, machen sie sich ans Werk. Noch bevor die Totengräber mit Zuschaufeln begannen, war das Holz bereits an einigen Stellen durchdrungen von Tausenden von Fäden.

Nach zwei Tagen bereits war aus der Leiche ein Untoter geworden. Drei beglückte Beobachter, ein verzückter Erretteter. Anton Binger, hieß er, Sternekoch. Langwierig erzählte er von seiner Krankheit. Nach dem ersten Herzinfarkt ging alles gut. Hoffnung hatte er geschöpft. Den zweiten überlebte er nicht mehr. Und schuld war seine Vertretung, der Tann. Der hatte sich vom ersten Tag an als Chef aufgespielt.

Diese Sätze interessierten Walter nicht mehr, er schaltete die Verbindungen einfach ab. Aber wieder sah er mit großer Sympathie, wie Margot herzlich sich um den Neuen kümmerte.

Noch am gleichen Tag gab es zu tun. Anton Binger konnte bereits mithelfen, den neuen Sarg anzunagen. Eine Frau lag darin, Cornelia Mertens. Für Walter erlosch das Interesse, als sie von ihrem Brustkrebst berichtete. Jetzt würde jeder jedem nochmals seinen Sterbeweg erzählen. Margot hörte umso aufmerksamer zu. Ein schlimmes Schicksal. Beinahe war sie froh, dass sie nur den Schlaganfall hatte.

Eberhard Mayer, hochdement. Der interessierte den Professor mehr, hier hatte er jemanden zum Erfahrungsaustausch. Nur 72 Jahre war Eberhard alt, aber der Alzheimer hatte schon mit Fünfzig begonnen. Feinmechaniker war er bis dahin, doch bald musste er in Frührente gehen. Er verstand einfach nicht mehr, was der Vorarbeiter von ihm verlangte. Aber jetzt war alles wieder da, jede

Kleinigkeit aus seinem Leben. Genauso war es auch bei Margot und bei Helmut. Alle konnten sich an die Zeit vor ihrer Geburt erinnern. An ihr Sprechen-Lernen. An das alberne »Da-Da-Da« und »Ei-Ei-Ei« der Großen. Peinlich – für die Erwachsenen.

Das fanden alle, selbst der Professor. Er hatte sich diesmal dem Gesprächskreis nicht entzogen. Er meinte, Margots helles Lachen förmlich zu hören. Wie gerne hätte er sie einmal in den Arm genommen.

Mit vereinten Kräften wuchs das Myzel weiter und weiter. Jede neue Leiche wurde postwendend zurückgeholt. Dank der gesteigerten Auffassungsgabe waren die Neuen schnell vollwertige Mitglieder der Zombie-Gemeinschaft. Ihr Bedarf an energiehaltigen Stoffen, der wurde immer größer.

* * *

Beim Grünflächenamt gingen Meldungen und Anfragen ein. Nichts wollte mehr richtig wachsen auf dem Neuen Friedhof in Hamburg-Eißendorf. Amtsleiter Hunger ließ Bodenproben entnehmen. Mangel an allem, was in einen guten Mutterboden gehört. Die Hyphen fielen nicht auf. Die Strukturen waren mikroskopisch klein, die Zusammensetzung veränderte nicht wesentlich die Bodenchemie. Wer weiß was sonst aus der Gemeinschaft der Untoten geworden wäre. Hunger wies die Gärtner an, zu düngen, was das Zeug hielt. Der Erfolg stellte sich bald ein, ober- und unterirdisch. Die Pflanzen ergrünten wieder, die Myzelien wuchsen und gediehen.

Insgesamt entspannte sich die Situation. Eißendorf ist ein grüner Stadtteil. Viele Grünflächen grenzen an den Friedhof an. Die Hyphen reichten bald hunderte von Metern weit. Sie versorgen sich aus den umliegenden Wiesen und Vorgärten. Sie zwängten sich durch kleinste Ritzen in die Abwasserrohre und saugten sie aus. Kot und Urin enthielten unvorstellbar reichliche Energiereserven, sie waren reinsten Leckerbissen für die Untoten. Bald drangen sie vor bis zum Lohmühlengraben im Nordwesten und fanden Anschluss an den Lohmühlenteich. Die Schwebstoffe dort waren ein gefundenes Fressen. Doch bald reichten nicht einmal diese mehr aus. Die Ausdehnung nach Westen erbrachte Entspannung. Der Harburger Stadtpark mit seinem Außenmühlenteich wurde zum großen unfreiwilligen Lieferanten für die unterirdischen Strukturen.

Ingeborg Fricke war froh, dass das Grab ihres Vaters sich erholt hatte. Mit Dünger hatte sie nicht gespart. Beim Gartenbauamt hatte sie interveniert und sich immer wieder nach Ergebnissen und Fortschritten erkundigt. Herr Hunger betätigte ihr den ungeklärten Mangelzustand. Seine Düngeaktionen waren sicherlich mit ausschlaggebend, dass Vaters Grab wieder grün war, nicht nur ihre eigenen.

Wie hatte Ingeborg ihren Vater geliebt. Wie vieles hätte sie ihn noch fragen wollen. Nun war es zu spät. Es war schon lange zu spät. In den letzten sieben Jahren konnte er ihr keine Frage mehr beantworten. Die Demenz hatte alles weggerafft. Und wenn mal eine Antwort kam, dann hatte die meist nichts mit ihrer Frage zu tun. In der Psychiatrie des Krankenhauses Wunstorf hatte sie ihn untergebracht. Die hatte einen exzellenten Ruf, war einst die Reformklinik Dr. Klaus Dörners. Ihr Vater sollte bestens versorgt werden, dafür nahm sie den langen Weg in Kauf.

Als er neun Jahre später kam, um alles gutzumachen, was er angerichtet hatte, konnte sie sich nicht freuen. Im Gegenteil, sie war fast gelähmt vor Angst. »Hau ab«, rief sie ihrem Vater zu. Dabei wusste sie, dass das nichts nutzte. Zu heftig waren die Kreaturen gegen die Menschen vorgegangen und hatten Vertrauen missbraucht. Die Starre wich Lebenswillen und Wut. Sie schnappte sich ein Küchenmesser und hatte vor, sich bis zur letzten Sekunde zu verteidigen. Denn auch ein Messer konnte alles nur kurz verzögern, ihr Ende aber nicht verhindern.

Als Papa Ingeborg »Mein Schnuckelchen« nannte, ließ sie das Messer fallen, brach in Tränen aus und sank auf den Boden.

* * *

Hunger mit seinen drei Jahrzehnten Erfahrung grübelte über die Veränderungen in seinem Bereich. Der Neue Friedhof schien gerettet. Aber die Umgebung zeigte Mangelerscheinungen, wenn auch nicht mehr ganz so ausgeprägt. Es fiel ihm auf, dass gleichzeitig die Wasserqualität in den Teichen und Rückhaltebecken besser wurde, aus Gründen, die ihm unerklärlich blieben.

Acht Jahre später, als die Zombies die Stadt überrannten und er die vielen gesprengten Gräber sah, da dämmerte ihm ein Zusammenhang. Doch war es längst zu spät.

* * *

Das Wecken der Toten war zur Routine geworden. Die Gemeinde zählte bereits über hundert Mitglieder. Walter kümmerte sich nicht mehr recht darum. Er tüftelte weiter am Kommunikationssystem. Das schien ihm eine wichtige Aufgabe. Wenn man sich schon nicht bewegen konnte, dann wollte er sich wenigstens gut und schnell unterhalten können.

Er wohnte zwar immer wieder Neuerweckungen bei. Wenn die Toten so langsam zu sich kamen, war das für ihn jedes Mal eine große Freude. Doch wenn sie begannen, ihre Sterbegeschichten zum Besten zu geben, kaum dass sie begriffen hatten, wie sie sich mitteilen konnten, da zog er eine Aufmerksamkeit in der Regel ab. Nur Margot Hensel, die hatte es ihm angetan. Was sollte das eigentlich, er war doch tot, sagte er sich eines Tages. Da kann man sich doch wohl nicht verlieben.

Bei der nächsten Erweckung war der Chemiker sofort hellhörig, als der Neue seinen Namen bekannt gab. Ein Mann war es; eine Stunde nach dem Herablassen ins Grab bereits durchdrungen vom Myzel.

»Ralf Gleubert«, stellte er sich vor. »Das darf doch nicht wahr sein«, meldete sich Walter. »Sie sind doch nicht etwa der Gerontopsychiater aus der Wunstorfer Klinik?«

»Doch, der bin ich. Kennen wir uns etwa?«

»Ich war Patient bei Ihnen. Wolfgang Walter, vielleicht können Sie sich erinnern?«

»Klar kann ich mich an Walter erinnern. Chemieprofessor und hochdement. Das können Sie aber nicht sein, denn der kannte seinen Namen nicht mehr.«

»Damit ist es jetzt vorbei«, überraschte ihn Walter. »Ich kann mich an alles erinnern, an ALLES, verstehen Sie?«

Nun kam bei Gleubert zu der Verblüffung, dass er nicht tot war, wenigstens nicht so richtig, dass er sich mit jemandem unterhalten konnte, noch die Überraschung hinzu, dass ein hochdementes Hirn komplett wiederhergestellt werden konnte. Und dass dieser völlig weggetretene Professor es war, der ihm das Leben rettete. Nein, eigentlich hatte er sich mit seinen Forschungen selbst das Leben gerettet. Denn Walter hatte ja nur das benutzt, was er ihm an Wissen mit ins Grab gegeben hatte – ohne die Tragweite zu erahnen.

Es war aber schön so. Ein Glücksfall. Schnell arbeitete sich Gleubert in das ein, was ein Untoter wissen musste und machte sich mit Walter zusammen an weitere Aufgaben. Das förmliche Sie zwischen Ex-Arzt und Ex-Patient, das gehörte schnell der Vergangenheit an.

Doch zuvor musste Walter seine Neugierde befriedigen. Wieso Ralf denn schon hier unten sei. Er könne doch nicht mal 65 sein und sei doch immer fit gewesen.

»Selbstmord«, gestand der Doktor und erzählte seine Geschichte.

* * *

Schütz, auf den Gleubert derart große Stücke gehalten hatte, der hatte ihn schmählich verraten. Er konnte sich gut erinnern, wie er den jungen Assistenzarzt überrascht hatte, als er versuchte, heimlich bei seinen Versuchen zuzusehen. Eine Lernschwester hatte ihn um Hilfe gebeten. Eigentlich war es ja so, dass die Schwestern gerne bei seinen Experimenten mithalfen. Es war für sie eine Abwechslung. Sie wussten zwar nicht genau, was Gleubert da trieb. Aber für sie war es ein Unterschied, ob nach einem Todesfall einfach der Bestatter geholt wurde, oder ob noch etwas geschah.

Die Schwestern waren gerne dabei, wenn das Natriumsilikat gespritzt und anschließend die Herzmassage durchgeführt wurde. Gerade die Stationsschwester Eva-Maria war fast schon euphorisch, wenn das Licht erschien. Sie war die, die am ehesten die Tragweite der Experimente begriff. Allerdings hatte Gleubert die Mitarbeiterinnen nicht in die Einzelheiten eingewiesen. Vielleicht hätten sie ihn doch für einen Verrückten gehalten, so wie das Schütz anfangs auch tat.

Vielleicht hätte er aber doch Lernschwester Selma nicht heranziehen sollen. Ihre Sensibilität hatte er unterschätzt. Im Nachhinein musste es ihr komisch vorkommen, dass er allerlei verschiedene Organe zusammengenäht und in großen Kübeln mit Formalin aufbewahrt hatte.

»Das verstehe ich nun aber auch nicht«, wand Walter ein.

»Das hatte folgenden Grund«, erklärte Gleubert. »Ich hatte bereits erkannt, dass der Phosphatkreislauf eine entscheidende Rolle spielt. Durch Abkürzen der Bahnen wollte ich erreichen, dass die Zirkulation vereinfacht würde. Doch damit kam ich nicht ans Ziel, ich musste einsehen, dass das ein Irrweg war. Irrwege, wie sie in der Forschung immer wieder einmal vorkommen. Aber ohne Umwege gibt es keinen Fortschritt. Leider entsorgte ich die Organkonglomerate zu spät. Die Schülerin hatte sie zu Gesicht bekommen und war entsetzt.«

Statt aber ihn, Gleubert zu fragen, berichtet der Geriater weiter, informierte sie Dr. Schütz. Ihr hatte sich bei einer kurzen Begegnung im Bereitschaftsdienst sofort ein Gefühl von Vertrauen eingestellt.

›Wie bei Margot und mir‹, schoss es durch Walters Kopf. Und sofort fragte sich sein Verstand, was das jetzt solle.

Heimlich hatte Selma den Kollegen informiert und ihn einige Tage später in den Sektionsraum geführt.

Dort entdeckte er die Alubehälter. Er öffnete einen davon. Sofort strömte ein starker Geruch von Formalin heraus. Schütz dreht den Kopf weg und hielt sich die Nase zu, legte den Deckel wieder drauf und schlich zu Selma. Er zog sie hinter sich her zu den Behältern. Reden durften sie ja nicht, denn dann hätten sie entdeckt werden können. Dann hob er den Deckel erneut ab und gab ihn ihr zum Halten. Sie nahm ihn in die eine Hand und musste mit der andern ihre Nase verschließen.

Schütz drehte den Kopf zur Seite, holte tief Luft und sah dann genau in den Behälter. Er leuchtete mit der Taschenlampe hinein. Erschaudernd wich er einen Schritt zurück. Dann ging er zur Fensterbank, nahm von dort ein Paar Gummihandschuhe herunter und zog sie über. Dann ging er erneut zum Behälter und griff hinein. Er zog verschiedene Organe heraus, ein Herz, eine Hand, eine Leber, eine Lunge und einen Fuß.

Schütz ließ sich den Deckel wieder geben verschloss den Topf damit. Dann deckte er den nächsten auf und ließ Selma wieder assistieren. Aus diesem Topf zog Schütz ein Konglomerat aus zusammengenähten Organen, die im Einzelnen kaum zu unterscheiden waren – ähnlich wie nasse Wäsche, die man aus einem Waschzuber hebt. Das waren eben Gleuberts Versuche, die Bahnen neu anzuordnen und zu verkürzen.

Beim nächsten Alutopf fand Schütz das gleiche. Im Letzten liegen einige Gehirne und ein ganzer Kopf.

Nachdem auch der wieder verschlossen war, gingen Arzt und Schwester wieder aus dem Raum.

»Da kann ich gut verstehen, dass Ihr Kollege erst mal geschockt war«, bemerkte Walter.

»Das ja«, bestätigte Gleubert. »Aber statt mich gleich zur Rede zu stellten, meinte er, mich erst noch beobachten zu müssen.«

Schütz war im Sektionsraum versteckt. Gleubert hatte gleich gemerkt, dass etwas nicht stimmen konnte. Unauffällig musterte er jede Ecke im Raum und entdeckte hinter einer angelehnten Tür zu einem Nebenraum einen Schatten. Er hatte mit einem Zuschauer gerechnet, über kurz oder lang. Denn dass da jemand heimlich an seinen Organ-Töpfen hantiert hatte, das war ihn nicht entgangen. Die Stellung der Deckel war verändert worden.

Deshalb führte er sein Experiment durch wie immer. Den Eindringling würde er kalt erwischen. Vielleicht ließ der sich ja sogar zum Mitarbeiter zu gewinnen, diese Idee hatte er schon zu diesem Zeitpunkt.

Nachdem alle Vorbereitungen getroffen waren, ließ er Schwester Eva-Maria das Licht löschen und wartete auf das Glimmen in der Mundhöhle der Leiche.

Gleubert gewahrte, dass der ungebetene Besucher in der Prosektur herumschlich, meinte wohl, unbemerkt einen Blick auf das Phänomen erhaschen zu können.

Dann erschien das fluoreszierende Licht und Gleubert überraschte seinen Gast mit den Worten: »Nu, wenn Sie schon einmal hier sind, dann schauen Sie sich das doch ruhig aus der Nähe an.«

Schwester Eva-Maria war irritiert, wollte wissen, was los war und knipste das Licht an. Hinter dem nächsten Sektionstisch stand Dr. Schütz, reichlich verdattert. Die Schwestern waren es nicht minder.

»Nun kommen Sie schon, Herr Kollege«, forderte Gleubert ihn auf. Er ließ die Raumbeleuchtung ausschalten und zeigte Schütz das Glimmen.

Nachdem es verloschen war, die Schwester die Zeit notiert hatte und die Leiche zurück ins Sterbezimmer gebracht worden war, lud Gleubert den Störenfried in sein Dienstzimmer ein.

Obwohl dieser zu Anfang äußerst aufgebracht war, hörte er zumindest zu. Das Licht hatte er ja auch nicht leugnen können. Gleubert überzeugte ihn ziemlich schnell von seinen Theorien, und Schütz arbeitete fortan enthusiastisch mit. Er hatte gute Ideen, das Licht blieb immer länger. Schwester Selma wurde nicht mehr hinzugezogen und machte auch keinen Ärger. Schütz' Erklärungen schienen sie zu besänftigen.

Der Höhepunkt der Forschungen war, dass bei dem letzten Patienten, das war der dritte nach Walter, das Licht zu blinken anfing. Blinken wie Morsezeichen. In der Krankengeschichte fand Schütz heraus, dass der Verstorbene Funker bei der Marine war. Es hatte durchaus die Möglichkeit bestanden, dass er noch etwas mitteilen wollte. Die beiden Doktoren lernten nun beide das Morsealphabet und brachten es ihren fittesten Patienten ebenfalls bei. Eine solche Gelegenheit wollten sie sich nicht noch einmal entgehen lassen.

Doch dazu kam es nicht mehr. Aus irgendeinem Grund muss Schütz Skrupel bekommen haben. Hals über Kopf flüchtete er zu seiner Schwester und erschien nicht mehr zum Dienst. Plötzlich meinte er, Marcumar und Natriumsilikat hätten die Patienten umgebracht. Daran mochte vielleicht sogar etwas Wahres dran sein. Aber das war doch vollkommen belanglos in Anbetracht der Tragweite dessen, was mit der Forschung zu erreichen wäre. Der Beweis war ja die Tatsache, dass sie sich hier unter der Erde angeregte miteinander unterhalten konnten.

Schütz zeigte sich selbst an und belastete ihn, Gleubert. Er sah sich beinahe am Ziel angekommen und war sich sicher, dass durch eine Verhaftung alles umsonst gewesen wäre. Dem kam er zuvor, indem er einige Tage Marcumar nahm und sich reichliche Mengen an Natriumsilikat infundierte. Das machte er in seinem Experimentiergestell, das er mit schwarzen Tüchern verhängte. Er starb an der Überdosis Marcumar und am Natriumsilikat. Er war tot und doch nicht tot. Gleubert spürte Schwingungen im Raum. Am nächsten Tag kam die Polizei. Schütz war als Zeuge mit dabei. Sehen konnte der Dokor nicht, aber er hörten jeden Laut. Die Beamten entdeckten seine Leiche und einer sagte, es komme ihm vor, als ob die leuchte.

Der Hauptkommissar ließ das Licht ausmachen. »Die ganze Leiche leuchtet, ja tatsächlich«, rief er dann entgeistert.

»Ich kann mir denken, was der gemacht hat«, begann Schütz. »Das können Sie uns auf dem Präsidium erklären«, sagte der Kommissar. »Wir lassen hier erst einmal alles, wie es ist. Das ist ja ein extrem seltener Fall. Ich muss erst einmal mit Staatsanwalt und Spurensicherung klären, wie wir vorgehen wollen.«

Schritte entfernten sich. »Kommen Sie, Dr. Schütz«, rief der Kommissar. Gleubert konnte davon ausgehen, dass vielleicht nur noch sein Assistent ihn beobachtete.

»Ich blinkte ihm zu«, berichtete Gleubert Professor Walter. »Tüüt, tütttütttütt, Pause, tütt, tüüt, tüttütt, Pause, tüüt, Pause, tüttütt, Pause, tüüt, tütttütttütt, ich kann es noch bis heute. B – L – E – I – B – KOMMA – SCH – Ü – T – Z – KOMMA – B – L – E – I – B, war das. Ich hörte, wie Schütz mitbuchstabierte. Dann ging er aber doch.«

»Wie ging es weiter?«, wollte Walter wissen. Drei Tage tat sich nichts, berichtete Gleubert. Dann kamen sie, ein ganzer Trupp. Gleubert hörte, wie sie an den Sachen herumhantierten. Schütz durfte offenbar nicht nochmals mitkommen. Alles wurde auf den

Kopf gestellt. Ein Hilfspolizist frage den Hauptkommissar, wieso Schütz überhaupt Selbstanzeige erstattet hätte.

»›Ein Traum hat ihn in die Wirklichkeit geworfen‹, hörte ich den Hauptkommissar erklären. Natürlich verstand der Untergebene das genauso wenig wie ich«, erklärte Gleubert dem Professor. Schütz hatte offensichtlich dem Kommissar von einem Traum berichtet. Darin sah er, wie er, Gleubert, den grün leuchtenden Leichenmund abgeknuscht hätte – Zungenküsse. Dann hätte er sich zu Schütz umgedreht und ihn aufgefordert, er solle doch auch mal probieren. Das wäre so köstlich. Schütz musste im Traum hefig gewürgt, beim Aufwachen erbrochen haben und dabei aus dem Bett gefallen sein. Dieser Albtraum soll ihn so erschüttert haben, dass er anfing, an den Experimenten zu zweifeln. Völlig zu unrecht.

»Möchte mal wissen, was er bei meiner Morsebotschaft gedacht hat«, frage sich Gleubert.

Walter lachte: »Da brauchen wir doch nur abzuwarten. Eines Tages haben wir ihn auch hier. Dann werden wir ihn einfach fragen.«

* * *

Und es gibt noch mehr Arten zu sterben

Mandy saß im Sandkasten und musste mit ihrer kleinen Schwester Kuchen backen. Gelangweilt füllte sie die Förmchen mit Sand und schaute sich um. Am Spielzeugrand saß ein Zwergkaninchen, ein Widder mit Hängeohren. Genau so einen hatte sie bis vor einem Vierteljahr gehabt. Was hatte das für Tränen gekostet, als er eingeschläfert werden musste.

»Warte mal«, sagte Mandy zu ihrer Schwester. Die war beschäftigt und sah kaum auf. Mandy ging vorsichtig auf das Kaninchen zu, es blickte ihr keck entgegen. Je näher das Mädchen kam, um so mehr wunderte sie sich über die Ähnlichkeit. Genau das braun-schwarze Muster, das ihr so vertraut war. Wie oft hatte sie darüber gestreichelt und hinter den Ohren gekrault.

»Herkules«, rief Mandy dem Tier zu. Es zuckte mit den Ohren

und hopste zwei Sprünge auf sie zu. Mandy wunderte sich. Sie wusste, dass das nicht ihr Herkules sein konnte, aber das was sie da vor sich sah, das war er. Sie näherte sich etwas schneller. Da drehte der Widder sich um und verschwand hinter dem Busch. Dort blieb er sitzen. Mandy schlich jetzt langsam auf ihn zu und streckte ihm ihre Hand entgegen. Nun rannte Herkules nicht weiter weg. Im Gegenteil, er reckte ihr sein Näschen entgegen. Mandy berührte die Nase, streichelte über die Stirn, kraulte das Köpfchen. Herkules ließ alles geschehen. Mandy streichelte ihm über den Rücken und setzte sich zu ihm. Dann hob sie ihn auf ihren Schoß. Jetzt konnte sie Herkules knuddeln wie früher. Den würde sie mit nach Hause nehmen. Ihre Eltern würden sich wundern.

Mandy hob Herkules hoch und streichelte mit ihrer Wange über sein weiches Fell. Sie setzte ihn an ihrer Schulter ab.

Da biss das Tier sie in den Hals, nagte sich schnell durch bis zur Halsschlagader und riss einige Stücke mit seinen scharfen Zähnen heraus. Schwallartig spritzte das Blut. Der rot gefärbte Widder rannte davon. Mandy kam nicht dazu, zu schreien, so schnell schwanden ihr die Sinne. Ihr Blut versickerte im Gras. Die Rufe ihrer Schwester hörte sie schon nicht mehr.

Die Polizei ging davon aus, dass ein Hund sie gebissen und leider an der unglücklichsten Stelle erwischt hatte. Vielleicht war Tollwut im Spiel. Dann hätte sie das sowieso nicht überlebt, sondern einen wirklich qualvollen Tod erlitten. Diese Aussage vermochte die Eltern nicht zu trösteten. Trotzdem klammerten sie sich daran.

Gut hatten die Beamten nicht ermittelt. Sonst hätten sie schnell erkannt, dass diese kleinen roten Blutsspuren nicht von einem Hund stammen konnten. Aber welcher Polizist kann heute schon noch Hasen- von Hundespuren unterscheiden?

* * *

Das geballte Wissen von Walter und Gleubert brachte weitere Fortschritte. Die niedere Arbeit wurde von den Neuen erledigt – nämlich die frisch Beerdigten heranzuholen und die Myzelien zu verbreiten. Diese hatten schon bald den Nachbarfriedhof in Wilstorf erreicht wenig später den Alten Friedhof Harburg, den neuen Friedhof in Sinstorf und den Heidefriedhof am Wildpark Schwarze Berge. Die Aufgaben wurden umfangreicher, aber auch die Schar der Helfer nahm gewaltig zu.

Walters und Gleuberts Ziel war es, auch die alten Toten zu erwecken. Dazu reichten ihre Kenntnisse aber nicht. Sie brauchten Fachleute. Natürlich erschienen nach und nach Lehrer, Ingenieure, Wissenschaftler aller Fachrichtungen. Endlich war ein Biochemiker dabei, Samuel Rapoport. Den nahmen die Urväter der Untoten sogleich mit in ihr Kompetenzteam auf. Nachdem Rapoport in die Grundkenntnisse der Wiederbelebung eingeweiht war, machte er sich sogleich ans Werk. Er sah eine Möglichkeit, Gewebestrukturen wieder aufzubauen. Zuerst mussten an die Phosphor-Isotopen wieder Nukleotiden angedockt werden. Mit all der Erfahrung, die die Wiederaktivierten schon hatten, mit der Fähigkeit, Atome und Moleküle zu bewegen, konnte Biosynthese betrieben werden.

Sie schafften es, ja sie schafften es. Jubel brach aus, als das erste Stück Kernsäure erstellt war. Wie ein Lauffeuer verbreitete sich die Nachricht in den Myzelien. Es war fast, als laufe ein Zittern durch den Hamburger Süden.

Es ging rasend schnell weiter. Die hochaktivierten Hirne leisteten Großartiges. Bald schon konnten die letzten lebenden Zellen von frisch Beerdigten erhalten werden, so wie sie waren. Das waren Zellen an den Haarwurzeln, die immer am längsten überleben. Das Dreierteam stellte daraus omnipotente Stammzellen her. Daraus bauten sie bewegliche Zellen, ähnlich den Makrophagen im menschlichen Körper. Diese konnten Ausstülpungen bilden und sich zusammenziehen. Dadurch hatten sie die Eigenschaft, sich ähnlich wie eine Amöbe fortzubewegen. Damit schafften sie Kanäle an den spezialisierten Kommunikationshyphen entlang. Diese füllte Rapoport mit Nervenbahnen, ebenfalls aus diesen Stammzellen aufgebaut. Und das alles nur mit Hilfe der Vorstellungskraft.

Bald wurden die Hyphen begleitet von diesen Nervenfasern. Die ermöglichten jetzt die Unterhaltung wie zu Lebzeiten. In der gleichen Geschwindigkeit. Nein schneller. Die hochaktivierten

Hirne mit ihrer Unfähigkeit, etwas zu vergessen, dachten schneller und sprachen schneller. Und die neuen Bahnen verbreiteten das Wissen.

Ganz Hamburg war so erobert, zumindest unterirdisch. Es ging über die Landesgrenzen hinaus. Buchholz im Süden, Norderstedt im Norden. Nur einige Wochen später gehörten, Soltau und Lübeck, Bremen und Schwerin dazu und all die vielen Gemeinden dazwischen.

Dann kamen die untoten Unholde. Wer hätte das gedacht, ja wer hätte das gedacht. Kaum dass sie wiederbelebt waren, machten doch einige Leute gleich mächtig Ärger. Sie hatten kaum Erfahrung mit dem Nachleben und wollten schon mitbestimmen, ja die Macht an sich reißen. Sie wollten das Sagen haben, weil sie oben auch immer das Sagen hatten. Das waren Politiker, Firmenleiter, Bankenchefs und Chefärzte.

Ups. Das hatte Walter gerade noch gefehlt. Da hatte er sich alle Mühe gegeben, die Phosphatketten zu bewahren und zu beherrschen und selbstlos diese Kenntnisse und Fähigkeiten an jeden dieser verdammten Idioten weitergegeben. Und nun schrien die am lautesten herum. Das konnte so nicht gehen, aber kümmern konnte sich Walter nicht auch noch um diese Störenfriede. Er bedauerte nur, jeden Toten unkritisch übernommen zu haben. Das war aber nicht mehr rückgängig zu machen. Waren die Neuen erst einmal aktiviert, dann hatten sie bald ihr eigenes Myzel und konnten machen, was sie wollten. Der Einfluss auf sie war beschränkt.

Doch hatte man nicht in einer Demokratie gelebt? Dort gab es Wahlen, Mitbestimmung und Aufgabenteilung, Regeln und Gesetze. Walter besprach sich mit Gleubert und Rapoport. Sie beriefen eine Konferenzschaltung mit all den mittlerweile 40.000 Untoten ein. Sie erläuterten das Problem und verlangten ein Parlament. Es war ganz erstaunlich, auf welch fruchtbaren Boden ihr Vorschlag fiel. Die meisten Geister waren nämlich genauso genervt von den Machtmenschen wie Walter. Es gab vernünftige Politiker unter den Toten, Leute mit viel Erfahrung. Sie gründeten Gremien und Arbeitsgruppen, die Vorschläge ausarbeiteten. Einmal in der Woche berichteten sie von ihren Ergebnissen. Die wurden diskutiert und zur Abstimmung gestellt. Teilweise stellte sich heraus, dass weiterer Klärungsbedarf bestand.

Alles in allem leisteten die Gremien gute Arbeit. Nach einem halben Jahr hatten sich Parteien ausgebildet. Sie vertraten unterschiedliche Ansichten. Zwar gab es hier unten ganz andere Probleme als da oben. Keiner benötigte Reichtum für sein Image, schnelle Autos, Schmuck, teure Kleidung und so weiter. Aber Machtbestreben, das bestand schon. Und es stand durchaus zu erwarten, dass sich die unterirdische Gemeinschaft weiter entwickeln würde. Zumindest würde sie wachsen. Deshalb musste ein föderales System eingerichtet werden, wenn auch die Mitglieder in den einzelnen Regionen noch nicht allzu zahlreich waren. Doch ohne Frage würden eines Tages die unterirdischen die lebenden Einwohner bei weitem übertreffen.

Es wurde ein Parlament gewählt, und zwar schon nach einem Dreiviertel Jahr. U-Parlament nannte es sich. »U« = Untergrund. Einige nahmen es für Untot. Das wählte den Kanzler, den U-Kanzler, genau genommen. Peter Schulz wurde es, der war Anfang der Siebziger Jahre Erster Bürgermeister in Hamburg.

Es gab die Legislative, die Judikative und die Exekutive, zumindest in Ansätzen. Gesetze mussten erst noch geschaffen werden. Doch die ersten kamen bald. So bekamen die Neuen frühestens nach zwei Jahren Stimmrecht, und auch nur dann, wenn sie bei ihrem Tod bereits 18 Jahre alt waren. Die jünger Verstorbenen mussten sich die Hälfte der Differenz bis zu ihrem 20. Lebensjahr gedulden. Beispiel: Stirbt ein zehnjähriges Kind, vergehen zehn Jahre, bis es Zwanzig wird. Nach fünf Jahren darf es aber wählen, weil unter der Erde die Zeit doch etwas anders tickt. Ein Neugeborenes oder Totgeborenes darf bereits mit Zehn wählen. Durch die Hyphen reift es schneller. Die Legislative hatte zu tun, die Gesetze zu erarbeiten, zu begründen und abstimmen zu lassen. In ganz vielen Bereichen allerdings wurden von vorne herein Volksbefragungen installiert.

Die Judikative hatte noch nicht sonderlich viel zu tun, denn noch gab es kaum Gesetze und damit Übertretungen. Aber Gerichte wurden eingerichtet, Richter benannt. Meist waren das

Leute, die oben schon Juristen waren. Interessierte konnten sich unterrichten lassen. Aber nicht nur in diesem Bereich bestand Interesse an Fortbildungen. Vervollkommnung des Allgemeinwissens wurde eine äußerst beliebte Freizeitbeschäftigung. Es bildete sich wie nebenher ein Bildungssystem in den verschiedensten Fachrichtungen aus. Schulen und Klassenverbände wurden gegründet. Sie waren beachtlich erfolgreich, weil die frisch aktivierten Gehirne nun nichts mehr vergasen; gleichgültig wie jung, alt, dement oder behindert sie vorher waren.

Ging es uns hier unten nicht viel besser als jemals dort oben? Sorgen, Nöte, Ängste und Schmerzen, die gab es einfach nicht. Auch Krankheiten waren unbekannt. Sie existierten nur noch in der Erinnerung.

Schwierig war es am Anfang mit der Exekutive. Wie wollte man die Regeln und Gesetze durchsetzen, wie sollte man Vergehen ahnden? Das einzige Mittel war die verbale Kommunikation. Rügen, Tadel, Zurechtweisungen waren die Möglichkeiten. Und erstaunlicherweise wirkten sie. Kaum jemand hatte ein derart dickes Fell, dass er es sich mit seinen Freunden, seiner Gruppe verderben wollte.

Die Unholde schwiegen. Sie konnten sich um Ämter bewerben wie alle anderen. Das taten sie auch, wenn sie nicht weiter vor sich hin schmollen wollten.

* * *

Kriminelles

Hamburg – dreihundert Diebstähle, sechzig Körperverletzungen, zwanzig Wohnungseinbrüche, sechs gestohlene Autos jeden Tag. Fast täglich wird einmal mit einer Waffe gedroht, jeden zweiten Tag damit geschossen. Jeden vierten Tag kommt es zu einer ›Straftat gegen das Leben‹. Das sind Totschlag, Selbstmord, Beihilfe zum Selbstmord und fahrlässige Tötung. Einmal im Monat geschieht ein Mord.

Ein Mordanschlag galt Bruno Bauermann. St-Pauli-Brummer wurde er genannt. Wie hatte er sich hochgearbeitet, was hatte er aufgebaut! Eine Karriere hingelegt, wie sie ihm so schnell keiner nachmachte.

Ein Unfall war er, na und? Die Pille gab es ja noch nicht. Seine Mutter eine Dirne, die es nie ohne Gummi machte. Nur zweimal hatte der versagt. Daraus waren er und sein Bruder Berti entstanden. Paule, der Zuhälter, hatte die Jungs irgendwie in sein Herz geschlossen. Weicher Kern unter der rauen Schale. Von ihm lernte Bruno das Handwerk. Knallhart war Paule, wenn etwas gegen seine Interessen ging. Bruno liebte ihn abgöttisch. So wie er wollte er werden. Er wurde es, er wurde sogar besser.

Schon in der Schule nutzte er die Neugierde seiner Kumpels aus. Er beschaffte ihnen Pornos und kassierte ab. Die Nachfrage war riesig, Bruno baute einen Verteilerring auf. Wer bei ihm mitarbeitete, der musste spuren. Der hatte sein Geschäft voranzubringen. Das ging eben nicht immer ohne Gewalt. Bruno konnte selbst gut zuschlagen. Doch er scharte Leute um sich, die das besser konnten, die zu ihm hielten und oft abhängig waren.

Fast nahtlos ging die Lieferung von Bildern über in die Vermittlung von gefügigen Mädchen. Bruno schaffte es mit List und Tücke, mit Lockungen und wenn es sein musste mit Gewalt, sie für sich arbeiten zu lassen. Paule war stolz auf ihn und versorgte ihn mit Tipps und auch mit willigen Frauen. Brummer, so hieß er jetzt, hatte absolutes Vertrauen zu ihm und ließ ihm das erwirtschaftete Geld zur Aufbewahrung. Das war nicht wenig, doch war es ihm bald nicht mehr genug. Andere Einnahmequellen mussten her. Da bot sich doch der Drogenmarkt an. Nicht dass er selber dealte. Das war zu mühselig, zu gefährlich und auch noch kaum einträglich. Nein, Brummer zog gleich die dicken Strippen.

Drogen und Prostitution, das ließ sich gut verknüpfen. Denn die abhängigen Prostituierten, die machten am wenigsten Schwierigkeiten.

An seinem 21. Geburtstag erschoss man Narben-Ede. Der Mörder wurde nie gefasst. Doch keine drei Monate später übernahm Brummer sein Etablissement. Kaum dass er volljährig war, hatte er sein erstes eigenes Bordell.

Seine geschäftlichen Aktivitäten erweiterte Brummer auf Waffenschieberein und Hehlerei. Dabei schaffte er es, sich vornehm zurück zu halten, die Fäden in der Hand zu halten und die Drecksarbeit von zwielichtigen Helfern machen zu lassen. Das waren oft gerissene Typen, doch keiner konnte ihm das Wasser reichen. Spurte jemand nicht, lernte der Brummers weniger charmante Seite kennen. Versuchte jemand, ihn auszutricksen, dann tat er das nur ein einziges Mal. Der hatte sich mit gebrochenen Rippen, Armen oder Beinen herumzuquälen oder litt an der Verstümmelung verschiedener Körperteile, seien es Ohren, Zehen oder Finger. Auch ein weiteres abstehendes männliches Organ stellte für Brummer und seine Helfer kein Tabu dar.

Nicht immer waren es Gewalttaten, die zum Erfolg führten, manchmal auch die Freunde und Helfer von der Davidwache. Es herrschte eine Art Hassliebe zwischen Brummers Leuten und dieser Polizeistation. Manches konnten die Beamten durchgehen lassen, wenn Brummer im Gegenzug gewisse Hinweise gab. Das machte er allerdings nur, wenn es ihm in seinen Kram passte. Und die Strafe, die die Verpfiffenen zu erwarten hatten, die durfte nicht unter zehn Jahren liegen. Denn früher wollte Brunner sich nicht mit deren Rachegelüsten beschäftigen.

Ein Härtefall war schon sein Bruder. Der wollte feste mitmischen, hatte aber nie das Zeug für eine große Nummer. Brummer beherrschte schon ein Viertel aller Reeperbahn-Geschäfte oder hatte seine Finger darin, da stellte der Kleine doch tatsächlich Ansprüche auf Beteiligung. Dabei hatte Brummer ihm schon großzügig sein erstes, selbstverdientes Bordell überlassen. Es war ihm nicht mehr groß genug, dabei war er nicht mal in der Lage, das vernünftig zu verwalten und auf Vordermann zu bringen.

Die Forderungen wurden immer kecker, Berti meinte sogar, etwas gegen Brummer in der Hand zu haben. Erpressung also. Das reichte. Kurz vorher hatte es Reibereien mit einem Kokslieferanten gegeben. Das Zeug war mindestens auf die Hälfte gestreckt. Dafür gab Brunner sein Geld doch nicht aus. Seine Leute sollten dem Hallunken die Spielregeln nochmals klarmachen. Sie hatten wohl nicht damit gerechnet, was für ein zartes Pflänzchen das war. Seine Leiche wurde am nächsten Tag gefunden – übersäht mit Blutergüssen und zahlreichen Knochenbrüchen. An einem Milzriss war er innerlich verblutet.

Brummer verstand es geschickt, die Polizei auf Berti anzusetzen. Gab sich sogar den Anschein, als wolle er seinen Bruder reinwaschen. Der leugnete bis zuletzt, doch die Last der Indizien war erdrückend. Den war Brummer für mindestens sieben Jahre los.

Die Bulgaren, die machten ihm richtig zu schaffen. Die wollten sich in Hamburg festsetzen. Denen war nichts heilig, zumindest nicht sein Revier. Am Anfang schien ja alles noch leicht beherrschbar. Doch die Kerle brachten haufenweise ihre eigenen Mädels mit, attraktiv, das musste Brummer schon zugeben. Sprachen überhaupt kein Deutsch und waren ihren Zuhältern auf Gedeih und Verderb ausgeliefert. Und arbeiteten für Hungerlöhne. Den ganzen Markt machten sie kaputt. Brummers Umsätze gingen empfindlich zurück.

Die üblichen Revierkämpfe, die fruchteten nicht mehr. Brummer sah sich zu anderen Maßnahmen gezwungen. Hier ging es nur mit Diplomatie weiter. Brummer ließ auskundschaften, wer der Chef des Balkan-Rings war. Dann machte er mit ihm ein Treffen aus. Man musste sich doch den Markt gerecht aufteilen können. Der Bulgare musste doch auch daran interessiert sein, mehr Kohle zu machen. Brummer wollte ihm ein eigenes Revier zugestehen. Dafür mussten aber die Preise dort stimmen – nicht weniger als bei seinen Häschen.

Brummer hielt das für ein faires Angebot. Doch nicht jeder war so ein Gentleman wie er; er kam nicht dazu, es zu unterbreiten.

Obwohl er drei gewiefte Begleiter hatte und er die Lokalitäten kannte, wie seine Westentasche, knallten plötzlich Schüsse. Dabei waren Brummer und seine Leute noch nicht mal an der gefährlichsten Stelle angelangt. Sie kamen nicht dazu, ihre eigenen Waffen zu ziehen. Selbstverständlich hatten sie damit gerechnet, sich gegebenenfalls verteidigen zu müssen, aber doch nicht auf sozusagen offener Straße.

Anwohner alarmierten sofort die Polizei. Sie fand vier durchsiebte Tote, alle ohne Waffen. Die hatten in Blitzesgeschwindigkeit die Besitzer gewechselt. Doch waren es alles gute Bekannte, keine unschuldigen Opfer. Augenzeugen gab es keine. Die Ermittlungen verliefen im Sande. Bandenkrieg im Rotlichtmilieu. Trauernde gab es keine.

* * *

Walter, Gleubert und Rapoport wandten sich wieder ihren ureigenen Interessen zu.

Nach den Nervenbahnen baute Rapoport ganze Nervenzellen auf. Wenig später gelangen ihm Muskelzellen und Bindegewebe. Bald konnten sich die Leichen wieder mit Haut bekleiden und waren den Bodenchemikalien nicht mehr schutzlos ausgeliefert. Ziel Rapoports war es, die Technik zu vervollkommnen und ganze Organe nachzubilden. Die Ansätze hatte er erreicht, die omnipotenten Stammzellen leisteten gute Dienste. Mit Zellstrukturen ließen sich gezielt biochemische Fabriken aufbauen, irgendwo im Myzel, irgendwo in der Erde. Über die Hyphen konnten die Leichen, die allmählich wieder Gestalt annahmen, mit allem versorgt werden, was sie benötigten. Ein spezielles Gefäßsystem transportierte die Stoffe sehr schnell zum Empfänger. Eine Muskelschicht in der Wand beförderte sie wie in Schlagadern gezielt dorthin.

Gleubert machte sich derweil an die Urnenbestattungen. Die Asche dort ist der allerletzte Rest, der nach einem Inferno von Feuer von den Leichen übrig bleibt. Konnte man damit etwas anfangen?

Wieder war es Margot, die dem Doktor den entscheidenden Tipp gab.

»Kann man diese Aschekrümel nicht als Kristallisationskeime benutzen?«, fragte sie mit scheinbarer Naivität.

Das war es. Gleubert griff die Idee auf und verstand es, diese Kerne zu veranlassen, sich genau das zu suchen, mit dem sie zuvor in Verbindung standen. Er schob ihnen Moleküle wie Bausteine zu, und diese Kerne sammelten das, was sie brauchten, um sich herum, so wie aus Puzzlesteinen ein Bild zusammengesetzt wird.

Sogar Walter, der sich selbst erhalten und begonnen hatte, die Nachbartoten zu retten, musste seinen Hut ziehen, als Gleubert den ersten Eingeäscherten zum Sprechen brachte. Und erst recht vor Margot, die den Doc mit ihrem Ideenreichtum in diese Richtung bugsiert hatte.

Das war eine Nachricht, die hohe Wellen schlug. Was war noch alles möglich? Eine Zeitlang brandete die Frage auf, ob es auch möglich sein könnte, die Todesopfer von Hiroshima und Nagasaki wiederzubeleben.

Doch war die Diskussion sehr theoretisch. Zwar war die Grablandschaft ganz Deutschlands mittlerweile in der Hand der Zombies und begann, sich in die Nachbarländer auszubreiten. Aber wie wollte man nach Übersee kommen? Deshalb ebbte das Interesse an diesen Überlegungen wieder ab.

Walters Interesse an Margot wuchs umgekehrt proportional dazu. Sie schien ihm wie eine überirdische Muse. Wie Kalliope, die Muse der Wissenschaft und der Dichtung. Oder eher eine unterirdische Muse?

Ja, Deutschland war myzelliert, wie es jetzt in Fachkreisen hieß. Irgendjemand hatte den Begriff Zombie aufgebracht. Doch Walter, Gleubert und Rapoport hassten dieses Wort. Sie wollten keine Zombies sein. Alles, nur das nicht. Sie waren die gleichen Persönlichkeiten, die sie auch zuvor waren, die gleichen Charaktere. Sie hatten ihre Einstellungen beibehalten. Und darauf kam es an. ›Pilzmenschen‹ ja, das konnten sie gelten lassen. Aber nicht Zombies. Sie brachten den Vorschlag ein, den Begriff Zombies zu verbieten. Das U-Parlament verbot *Zombie*. Doch in bestimmten Kreisen wurde das Wort weiter benutzt.

Walter hatte sich wie Gleubert eine Spezialaufgabe geschaffen. Er wollte Kontakt zur Außenwelt herstellen. Ein Zufall kam ihm zu Hilfe. Er schickte einige Hyphen hoch an die Erdoberfläche. Sie stießen auf eine tote Fliege. Das war dem Chemiker schnell klar, als er Bestandteile des Chitinskeletts registrierte. Er machte sich den Spaß und schickte sein Myzel in dieses Tierchen, auch bis zu seinen Augen. Die reaktivierte er, schickte Nervenstränge hinterher – und konnte plötzlich wieder sehen. Gerne wäre er herumgehüpft vor Freude. Aber die paar Muskelzellen, die er bisher nur hatte, die erlaubten nur einige kurze Zuckungen. Und trotzdem war es Walter, als wäre er tatsächlich gesprungen.

Dann konzentrierte er sich wieder auf das Fliegenauge. Grobkörnig gerastert war das, was er da sah. Doch nur Grün und Gras. Die Fliege lag im Gras, und dieses versperrte die Sicht. Nach der anfänglichen Euphorie kam die Ernüchterung. Ganz kurz sah Walter den Rand einer Schuhsohle, die kurz vor ihn trat. Fast wäre es um die Fliege mit ihrem Auge geschehen gewesen. Es dauerte nicht lange, und dann passierte das. Der Schuh gehörte nämlich zu einem Gärtner, der gerade den Rasen mähte. Bei der nächsten Runde fetzte er die Fliege weg von den Hyphen, mit denen sie verbunden war. Für Walter wurde es wieder schwarz, so als hätte man den Bildschirm ausgeschaltet.

Die anderen Wissenschaftler waren beeindruckt. Zu den dreien hatten sich weitere Fachleute gesellt. Der innere Kern bestand aus zwölf Leuten: Biologen, Mediziner, Chemiker, Physiker und Mathematiker. Sie diskutierten das Ereignis und bereiteten weitere Versuche vor. Sie bekamen die Bezeichnung *Entwicklerteam*. Den Vorsitz teilten sich Walter und Gleubert. Ehrfurchtsvoll nannten die Untoten das Team bald die Pilzköpfe.

Das Myzel schickte Ausläufer überall direkt an die Erdoberfläche. Das freudige Ereignis fand unter einer amerikanischen Linde statt. Im Frühsommer lockte deren Duft tausende von Hummeln an. Die waren regelrecht betört und flogen bis zur Erschöpfung von Blüte zu Blüte. Immer wieder überlebten einige von ihnen die Strapazen nicht und fielen tot auf den Boden.

Sofort erkannten spezialisierte Hyphen das tote organische Material und drangen in sie ein, Nerven wurden hinterher geschoben, und bald betrachteten die Wissenschaftler den Platz unter den Linden. Sie hatten die Nervenimpulse auf alle zwölf Pilzköpfe verteilt. Sie sahen blauen Himmel, weiße Wolken, Blätter der Linde, die sich im Wind wiegten. Sie sahen Spaziergänger, Kinder, die mit Bällen spielten. Und Grashüpfer, die in der Nähe herumhopsten, auch lebende Hummeln, die manchmal sehr nahe herankamen. Sie konnten sich nicht satt sehen an diesen einfachen Dingen. Sie schauten, bis die Sonne unterging. Und als hätte es so sein sollen, genossen sie ein wunderschönes Abendrot. Es war erhebend.

Das, was hier Premiere hatte, das wurde bald Alltag. Wie umgehen mit den neuen Fähigkeiten? Das Forscherteam besprach sich mit U-Kanzler Schulz. Der war für die Veröffentlichung. Zuvor aber diskutierte er die Errungenschaft in einer geheimen Sitzung mit seinen Abgeordneten. Die meisten waren seiner Meinung, doch einige hatten Bedenken, es könnten durch die Bilder unstillbare Gelüste wach werden. Die Entscheidung wurde verschoben. Am nächsten Tag wurden die Abgeordneten mit den Augennerven verbunden. Und was sie sahen, das war schön, nur schön. Das konnten und durften sie der Bevölkerung nicht vorenthalten – der bisher blinden und immer noch bewegungslosen Bevölkerung. Einstimmig beschlossen die Volksvertreter die Veröffentlichung. Und das Volk war begeistert. Die Wissenschaftler wurden überschüttet mit Lob und Hochachtung.

Wieder ein Zufall, und wieder war es Walter, der ihn nutzte. Eine Katze hatte eine Maus totgebissen, nicht gefressen, sondern liegen gelassen. Walter schickte Hyphen und Nervenfasern hinein und sah durch die Mausaugen. Das Bild war viel klarer als bei den Insektenaugen. Er schickte Nerven in die Ohren und könnte damit hören. Vogelzwitschern, das war erst mal alles. Aber wunderschön war das. Walter konnte sogar die Vögel sehen, die da zwitscherten. Später hörte er Autos in der Ferne rauschen und ein Martinshorn.

Dann kam die Katze und holte sich doch die tote Maus. Erst der Gärtner, jetzt die Katze. Das war schon nervend. Rapoport war neidisch, er hätte das auch gerne erlebt. Doch es verendete ja immer wieder mal ein Tier und blieb auf dem Boden liegen.

Die U-Regierung verkündete die Aussichten, besser sehen und auch hören zu können. Die Pilzmenschen wurden aufgerufen, vermehrt Hyphen an die Oberfläche zu schicken und tote Tiere zu melden. Bald wurde die nächste Maus gefunden. Diesmal übernahm Rapoport die Steuerung der Nervenfasern. Er schickte weitere Sonden in das Auge und entschlüsselte seine Struktur. Die baute er einfach nach, ein paar Meter entfernt von der toten Maus. Und siehe da auch mit diesem komplett synthetischen Auge konnte er sehen. Er konnte sogar in die Nähe und Ferne scharfstellen. Die Muskeln für die Linse funktionierten.

Wenige Tage später machte er sich daran, das kleine Mäuseohr zu rekonstruieren. Auch das gelang.

Nun bauten die Zombies, nein die Pilzmenschen, Tausende von Mausohren und -augen auf. Sie schickten die Hyphen dorthin, wo sie sie haben wollten. Sie konnten an Baumrinden und Hausfassaden hinaufklettern. Die Hyphen hafteten und waren fast unsichtbar. Diese kleinen Punktaugen waren kaum zu erkennen, niemand beachtete sie. Liebevoll wurden diese Hilfsorgane M-Augen und M-Ohren, später Maugen und Mohren, genannt.

Die Untoten jedenfalls, die konnten wieder teilnehmen am Leben der Lebenden.

* * *

Bruno Bauermann und seine Begleiter erschienen. Kaum dass der ehemaligen St-Pauli-Brummer zu Bewusstsein kam, schwor er, dass er als allererstes seine Mörder umbringen wolle, wann immer das möglich sein sollte. Sofort hatte er einige Mitstreiter. Die untoten Begleiter des Kiez-Bosses stimmten in die Rachegelüste mit ein. Und dieser unfähigen Polizei, die noch nicht mal in der Lage war, die Bulgaren dingfest zu machen, denen wollten sie zumindest einen Denkzettel verpassen.

Weitere Gewaltopfer hatten sich bereits zu den Untoten gesellt. Fast alle stimmten sie Brummer zu.

Doch war das alles sowieso nur theoretisches Geschwätz. Der Ausstieg konnte sich noch hinziehen. Solange gingen die Diskussionen weiter. Eine Gruppe war der Ansicht, man solle alle Menschen töten, weil die Menschheit schlecht sei. Sie als Zombies hätten die Wiedergeburt durchlaufen. Sie wären besseren Menschen.

»Das ist unmoralisch«, warf Gleubert den Befürwortern zu. »Mord ist immer noch Mord«.

»Das musst du uns gerade sagen«, widersprach Brummer. Er hatte sich zum Anführer der Killerfraktion gemausert und keine Spur Zurückhaltung einem Akademiker gegenüber. Wie viele von denen, brave und wohlhabende Familienväter, hatte er triefend vor Triebeslust um seine Häschen herumscharwenzeln sehen.

»Du hast doch die Leute dutzendweise ins Jenseits geschickt. Und da hast du noch nichts davon gewusst, dass das Experiment klappen kann.«

»Das waren uralte Menschen, kranke Menschen«, verteidigte sich Gleubert. »Ich habe sie auch nicht bewusst umgebracht. Allenfalls habe ich in Kauf genommen, dass sie etwas früher abtreten.«

Man konnte Bauermann förmlich lachen hören. »Ist ja gut, dass du's getan hast«, bestätigte er joval. »Sonst wären wir ja alle nicht hier. Aber wir, wir nehmen noch nicht einmal früheres Abtreten in Kauf. Die Lebbies treten ja nicht ab. Wir wandeln sie doch nur um.«

Gleubert hatte seine Unterstützer. Die meinten wiederum, das Problem erledige sich schließlich von ganz allein. Diese Auffassung vertrat auch Peter Schulz. »Jeder stirbt, und dann kann man ihn auf ganz natürliche Art und Weise erretten«, fasste er seinen Standpunkt zusammen. Und dieser Satz, gesprochen vom U-Kanzler, der hatte Gewicht.

* * *

Fäden zogen sich das Abwasserrohr entlang. Sie erreichten das Toilettenknie, durchquerten es und strahlten aus bis zum Toilettenrand. Das Porzellan hatte hinten einen grünlichen Strich, entstanden durch tausende von Spülungen mit Duftlösung. Man hätte den Strang nur erkennen können, wenn man ihn mit einer Lupe untersucht hätte. Er klebte fest, der Wassersturz rauschte über ihn hinweg, ohne dass er Schaden nahm. Er zog sich weiter unter dem Schüsselrand entlang nach vorne. Es handelte sich um Bio-Überwachung. Am Ende war ein Auge angeklebt, das einem Mäuseorgan nachempfunden war. Winzig, ein Pünktchen nur. Eine aufmerksame Putzfrau aber hätte es entfernt, genau wie den grüngefärbten Kalk am Wasserzulauf. Doch diese Reinigungskraft gab es nicht in dieser Szenekneipe. Wer dort hinging, war sich bewusst, dass es dort etwas schmuddelig zuging. Die Damen schauten lieber nicht genau nach, wohin sie sich begaben, wenn die

Blase drückte. Manche setzten sich nicht auf die Brille, sondern balancierten in der Hocke beim Urinieren.

Diese waren Holger und seinen Freunden am liebsten. Denn dort konnten sie alles sehen. Die Jungs vergnügten sich am anderen Ende der Überwachung mit der Beobachtung der weiblichen Genitale.

Gespannt hatten sie aufgepasst, als sie unterrichtet wurden, wie die Biokanäle und Miniaugen gebaut wurden. Nicht für diesen Zweck. Aber sie kamen schnell darauf, dass sie die Technik genau dafür nutzen konnten. Holger war schon ein kleines Genie. Was ihn aber störte, das waren die Damen, die sich gemütlich niederließen. Da war es dunkel in der Kloschüssel. Nichts konnte er mehr erkennen. Doch Holger war schlau genug, das Mauge durch ein Katzenauge zu ersetzen. Das hatte er geschafft, auch ohne Lehrer. Damit konnte er fast bei absoluter Dunkelheit sehen. Das Licht, das unter dem Brillenrand hindurch in die Schüssel eindrang, das reichte allemal.

Hätten die Frauen geahnt, dass so etwas möglich wäre, hätten sie nicht mehr unbefangen auf Toiletten gehen können. Dann lieber ins Gebüsch. Doch auch hier konnten sie vor Miniaugen nicht sicher sein.

Mit den Augen und Ohren konnte eine Gefahr gebannt werden. Alle waren sich einig, dass die Lebbies die Myzelien auf keinen Fall entdecken durften. Man konnte nicht abschätzen, wie sie reagieren würden. Lebbies, dieser nette Ausdruck hatte sich eingebürgert für die noch Lebenden, dort droben.

Die Polizei, die es inzwischen bei den Untoten gab, musste sich an die Überwachung der Geflechte machen. Wenn Menschen sich anschickten, Bodenproben zu nehmen, dann mussten diese Stellen ihre Hyphen schnell zergehen lassen. Dazu wurden spezielle Verfahren entwickelt. Bald gelang es auch, biologische Institute, Forstämter usw. zu überwachen, so dass man bereits bei deren Planungen reagieren konnte.

Einen weiteren Vorteil boten die Augen und Ohren. Die reglosen Unterweltler wussten, wer gestorben war, wer wann und wo beerdigt würde. So konnten auch hier die notwendigen Vorkehrungen getroffen werden.

* * *

Helmut Wachtendonk wollte wissen, wie es seiner Frau geht, ohne ihn. Er machte sich Sorgen, weil sie nie richtig Tritt gefasst hatte im Leben. Anhänglich war sie, das hatte ihm gefallen. Ihre Unselbstständigkeit, die hatte ihn genervt. Er hatte sich fast nicht getraut, mit dem Kutter seine Tour anzutreten. Noch nie zuvor hatte er sie drei Wochen am Stück alleine gelassen. Und so lange wollte er sich gönnen.

Kinder hatten sie keine. Das war ein bisschen schade, aber nur ein bisschen. Helmut hatte sich oft gefragt, ob seine zarte Ilse eine Geburt überhaupt überstanden hätte. Nein, es war schon besser so. Doch sie hatten einen Neffen, Gregor. Der war sein Ein und Alles. Die halbe Kindheit hatte er bei den Wachtendonks verbracht. Er war wie ein eigener Sohn. Und Helmut war stolz darauf, wie er Schule und Ausbildung gemeistert hatte. Er selbst hatte viel dazu beigetragen, weil er besser erklären konnte als der Vater, Ilses Bruder. Er hatte einfach mehr Geduld.

Ein patenter junger Mann war er geworden, der Gregor. Und den bat Helmut vor seiner Tour, doch immer wieder mal nach Ilse zu schauen. Er versprach das gerne, denn er liebte seine Tante. Das war schon eine Beruhigung. Doch noch stärker entlastete Helmut, dass auch sein bester Freund Gert sich um sie kümmern wollte. Mit dem hatte er sich immer gut verstanden, obwohl er beinahe zehn Jahre jünger war.

Helmut baute also seine Hyphen durch die Erde, schickte einen dünnen, dünnen Strahl die Hauswand hoch, drang durch einen winzigen Spalt im Küchenfenster und installierte in der oberen rechten Ecke ein Mauge.

Kaum war die Verbindung hergestellt, da erblickte er am Küchentisch – Gert. Ups. Gert saß da und las die Zeitung, so als würde er dort hingehören. Er stand auf und ging aus der Tür. Hausschuhe hatte er an. Ups. Nach einer Weile kam er zurück, Arm in Arm mit seiner Ilse. Sie blieben stehen, umschlangen sich mit ihren Armen und küssten sich ausgiebig.

So war das also. Helmut war geplättet. Wie lange war er tot? Er rechnete nach. Ein dreiviertel Jahr war das her, ziemlich genau. Ein Mohr hatte Helmut noch nicht eingebaut, deshalb konnte er nichts hören. Doch es schien so, als käme ein Geräusch aus dem Nebenraum. Ilse und Gert drehten ihre Köpfe fast gleichzeitig zur Tür. Seine Frau, seine Witwe, ging hinaus, ließ die Tür offen und kam mit einem Kinderwagen zurück. Ilse hob ein Baby hoch, setzte sich mit ihm zu Gert an den Tisch und gab ihm die Brust.

Das reichte Helmut Wachtendonk, er hatte genug gesehen. Er koppelte sich von der Übertragung ab und hatte zu schlucken. Das ging ja ziemlich schnell mit den beiden. Oder hatten sie schon vorher etwas miteinander gehabt?

* * *

Die Pilzköpfe nahmen eine neue Stufe in Angriff: Die Vervollständigung der Gewebestrukturen. Zunächst wurde das gesamte Nervensystem der Toten rekonstruiert, einschließlich Hirn und Rückenmark. Dann kamen Haut und Muskeln hinzu. Da gewahrte Walter, dass es ungemütlich wurde unter der Erde. Er spürte ihre Kälte und ihren Druck. Und fast das Schlimmste: Die Rückenschmerzen, ja die Rückenschmerzen, die kehrten zurück durch die verdammt lange Liegerei.

Lösung fand Karl Brenner, ein Kollege Walters. Der war oben auf anorganische Chemie spezialisiert gewesen. Er entwickelte eine Methode, mit der er die Erde oberhalb der Leichen gleichzeitig auflösen, an den Rändern aber auch verdichten konnte. Damit waren die Pilzmenschen in der Lage, sich Grabhöhlen zu bauen. Georg Munster, ein Architekt erklärte, wie man die Höhle gestalten musste, damit sie nicht einstürzte: Die Untoten mussten die Erde so abbauen, dass Kuppeln, Stützen und Pfeiler entstanden, die sich selbst tragen, wie gotische Gewölbe. Brenner fand Prozesse heraus, wie diese Stützen nochmals verfestigt werden konnten. Die Erde wandelte sich dabei in eine Art Ytong-Beton.

Die Pilzmenschen bauten sich jetzt ihre Kuppeln bis ganz

knapp unter die Grabesoberfläche. Herz und Kreislauf funktionierten bereits, auch Atmung, Magen und Darm. Kleinigkeiten, wie die üblen Cholesterin-Ablagerungen in den Gefäßen, die wurden einfach nicht mitkonstruiert, verschlossene Arterien einfach durchgebaut. Tumorzellen erneuerten die Wissenschaftler nicht. Mit einem Wort: Die Zombies waren kerngesund.

* * *

Zwar ernährten sich die Untoten weiter über ihre Myzelien, aber sie bereiteten ihre Rückkehr weiter vor. Die Verbindungen zum Myzel lösten sie von der Haut langsam ab. Nur an den Fußsohlen blieb ein dicker Strang bestehen. Der reichte vollkommen aus für die Versorgung über das, was die Geflechte aus dem Grundwasser aufsogen und für die Gespräche mit der untoten Community.

Es folgte ein komplizierter Schritt. Das Entwicklerteam hatte einen Plan. Es wollte erreichen, dass keine dauerhafte Verbindung zum Myzel mehr nötig wäre. Sie wollten es schaffen, dass die Pilzmenschen sich von ihrem Pilz lösen und nur bei Bedarf den Kontakt zum Myzel wieder aufnehmen konnten. Es sollte eine Art Stecker oder Anschluss ausgebildet werden. Es war eine Heidenarbeit, so kann man das durchaus bezeichnen. Aber die unterirdische Gemeinde hatte ja zahlreiche hochkarätige Mitarbeiter, die das Problem in den Griff bekamen. Nach deren Erfolg reichte der Kontakt über die Fußsohlen, um sich mit Nährstoffen, Energie und Informationen aus dem Myzel zu versorgen. MA wurde die neue Bezeichnung für Myzel-Anschluss.

Endlich war es so weit. Walter hatte sich seine Höhle ordentlich hoch gebaut. Sein Körper war so gut wie fertig. Er konnte die Arme recken und die Beine bewegen. Erstmals hob er einen Fuß hoch. Mit einem schmatzenden Geräusch trennte er sich von seinem Myzel. Die Fußsohlen hatten daran gelehnt wie am Fußteil seines Pflegebettes. Walter hob den rechten Arm, er hob den linken. Er ballte die Hände zu Fäusten und streckte die Finger wieder aus. Zehnmal macht er das und genoss die Bewegung. Er hob den Kopf, öffnete die Augen, sah aber nichts.

Statt dessen tastete er zur Seite. Hier war die kalte Grabeswand, ziemlich glatt. Seine Hyphen hatten gute Arbeit geleistet, Brenner und Munster gute Anleitungen erarbeitet. Was Walter ertastete, das fühlte sich an wie verputzt. Dann streckte er den Arm nach oben aus: Nichts. Walter hob den Oberkörper.

Welch eine Wohltat, nach Jahren des Liegens. Nein, er musste sich korrigieren. Die Zeit der Phosphatreihen, die zählte nicht. Denen war es gleich, in welcher Umgebung sie lagerten. Zählen konnte er erst ab dem wieder hergestellten Nervenkostüm. Und das war erst ein halbes Jahr her.

Walter saß im kühlen Grab und reckte beide Arme in die Höhe – immer noch nichts. Er wagte es und ging auf die Knie. Dann richtete er sich langsam auf. Täuschte er sich oder hörte er ein Knacken in den Knien und in den Hüften. Waren die Gelenke in der Erde vielleicht doch ein wenig ausgefranzt und ungleichmäßig geworden? Um die Knochen hatte sich das Team am wenigsten kümmern müssen. Die waren ja nicht wesentlich verändert. Nur mit Blutgefäßen, Knochenmark und Bindegewebszellen mussten sie angereichert werden.

Doch bei Wachtendonk hatten die medizinischen Kollegen einigen Aufwand betreiben müssen, um sein zerschmettertes Knie, seinen gespaltenen Schädel und eine Reihe weiterer Knochenbrüche auszugleichen.

Langsam drückte Walter seinen Oberkörper in die Höhe und hielt dabei die rechte Hand ein paar Zentimeter über die Stirn. Mit der linken tastet er sich an einem Pfeiler seiner Grabkuppel entlang. Bis seine Finger die Decke spürten. Da stand er aber auch schon fast. Nur den Kopf musste er ein wenig gebeugt halten.

Walter fielen ein paar gymnastische Übungen ein. Die führte er durch, soweit das der enge Raum zuließ. Ein wenig erinnerte er ihn an die Gebärmutter. Ähnlich eng war es dort drinnen gewesen. Ströme von Glück durchzogen den Professor bei seinen Bewegungen.

Die wurden bald schwächer, Walter spürte Erschöpfung. Kein Wunder, Sauerstoff gab es keinen hier unten. Und von seinem

Myzel war er abgekoppelt. Er legte sich wieder hin, steckte seine Füße gegen den Geflechtanschluss und spürte bald, wie die Kräfte zurückkehrten.

Ähnliche Gefühle machten sich fast gleichzeitig in vielen, sehr vielen dieser Grabkuppeln breit. In vielen, doch längst nicht in allen. In einigen Höhlen war genau dieses Ereignis bereits Monate zuvor abgelaufen.

Walter suchte Kontakt zu Gleubert und zu Rapoport. Sie schwelgten in Begeisterung, als sie sich gegenseitig ihre neuen Erfahrungen schilderten.

Gleubert merkte an, dass er versucht habe, mit möglichst vielen Pilzmenschen, so sie denn überhaupt noch »Pilz«-Menschen waren, zu sprechen. Zu einigen ließ sich keine Verbindung aufbauen, auch zu vielen Wissenschaftskollegen nicht mehr. Er fragte sich, was passiert sein könnte, ob bei denen etwas Unvorhergesehenes passiert war. War es möglich, dass deren Myzelien zerstört sein konnten?

* * *

Große Scharen Nifazzos sammelten sich in den Wäldern. Sonnenlicht hielten sie nicht aus. Mit der Haut war etwas nicht in Ordnung. Die Wissenschaftler hatten noch keine Lösung gefunden. Sie verbrannte im Nu, wenn grelles Licht darauf fiel. In der Dämmerung ging es, da stiegen die Nifazzos aus den Gräbern. Sie trafen sich im Wald und warteten den Sonnenuntergang ab. Der Nachteil der hochempfindlichen Haut wurde mehr als wett gemacht durch Katzenaugen, mit denen die Biologen die menschlichen ersetzt hatten. Und durch messerscharfe Haifischzähne, mit denen es das reinste Vergnügen war, Kehlen zu durchbeißen.

Die Zeit, in der die Nifazzos im Verborgenen kämpften, die war vorbei. Vorher hatten sie sich mit dem Haustiertrick eine Menge Lebbies holen können.

* * *

Mandy kam langsam zu sich, ganz, ganz langsam. Wo war sie hier? Sie konnte nichts sehen und nichts hören, nicht einmal richtig etwas spüren. Was sie spürte war nur: Sie fühlte sich wohl. Nicht zu warm war ihr und nicht zu kalt. Es kam ihr so vor als würde sie in der Badewanne liegen, das hatte sie immer gemocht. Bewegen konnte sie sich auch nicht. Aber was muss man sich in der Wanne auch bewegen? Kein Hunger, kein Durst – super, voll krass super.

Locker lag Mandy da und dachte nach. Was war geschehen? Bilder vom Spielplatz tauchten auf. Mit ihrer Schwester hatte sie dort gesessen und plötzlich ihren Herkules entdeckt. Ungläubig war sie zu ihm gegangen. Er hatte sie hinter den Busch gelockt. Sie erinnerte sich, wie sie sich freute, dass Herkules wieder da war und wie sie gleichzeitig bezweifelte, dass es wirklich ihr eigens Haustier war.

Das war ihr bald egal, sie nahm ihn hoch und schmiegte ihn an sich.

Das hätte sie besser nicht tun sollen, denn mit einer schnellen Bewegung biss er ihr in den Hals. Schneidenden Schmerz spürte sie und sagte: » Herkules, spinnst du?« Sie riss ihn vom Hals los und hielt ihn sich vom Leib. Mandy merkte, dass ihr das Blut aus dem Hals spritzte und wollte um Hilfe rufen.

Doch dazu kam es nicht, Mandy merkte, wie ihr taumelig wurde. Der Schmerz ließ nach, und ihr wurde schwarz vor den Augen.

Jetzt meinte sie, eine Stimme zu hören. War es Einbildung, oder wollte da wirklich jemand mit ihr reden? Eine Frauenstimme, sie klang eigentlich ganz nett.

»Hallo, du bist neu hier«, hörte Mandy sie nun ganz deutlich.

»Wo bin ich hier eigentlich«, war ihre Gegenfrage.

»Du bist in Sicherheit«, sagte die Stimme.

»Und wieso sehe ich nichts und kann mich nicht bewegen?«

»Keine Bange, das kommt schon wieder. Ich bin Frau Heim«, stellte die Stimme sich jetzt vor. »Und wie heißt du, meine Kleine?«

»Kleine, wieso Kleine, kannst du mich denn sehen?« fragte

Mandy irritiert.

»Jetzt nicht, aber wir haben unsere Augen überall. Kannst du dich denn erinnern, was als letztes passiert ist?«

»Herkules war wieder da, mein Häschen. Das war eigentlich tot. Paar Monate vorher war es krank. Die Tierärztin hat gesagt, sie kann ihm nicht helfen und es hat nur noch Schmerzen. Da haben wir es einschläfern lassen. Und dann war Herkules wieder da. Ich habe ihn auf den Arm genommen, und dann hat er mich gebissen. Und dann wurde ich ohnmächtig.

Bin ich hier im Krankenhaus? Habt ihr mir die Augen verbunden?«

»Nein, du bist in der Erde«, erklärte Frau Heim.

»Was, in der Erde, im Grab wohl? Heißt das, ich bin tot?« Obwohl sich Mandy so gut fühlte, jagte ihr die Vorstellung einen Schauer über den Rücken.

»Du bist nicht tot«, beschwichtigte Frau Heim. »Oder hast du schon einmal einen Toten reden hören?«

»Nee, ich hab mich ja auch noch nie mit Tod und so was befasst. Aber wie komm ich denn hier wieder raus?«

»Sag mir doch endlich mal, wie du heißt, dann erkläre ich dir alles.«

»Na gut, ich heiße Mandy«.

»Schöner Name«, bemerkte Frau Heim und berichtete von einem Wissenschaftler, dem Dr. Gleubert. Der hat es geschafft, alles wichtige im Menschen zu erhalten, auch lange über seinen Tod hinaus. Er musste ihm vor dem Sterben nur bestimmte Medikamente spritzen, dann blieb der Kern des Menschen erhalten. Und von diesem Kern aus, konnte er den ganzen Köper wieder aufbauen. Das geht mit Hilfe ganz feiner Fäden, die er durch seinen eigenen Körper spinnen kann. Damit baut er ihn wieder auf. Wie man aus einem Wollfaden einen ganzen Pullover strickt. Und die Fäden schickt er auch zu den anderen Toten und baut die wieder auf.

»So haben wir das auch mit dir gemacht«, schloss Frau Heim ihren Vortrag. »Hast du denn alles verstanden?«

»Glaub schon. Dann bin ich jetzt also ein Zombie.« Mandy war angeekelt.

»Pass mal auf, Mandy«, erklärte Frau Heim. »Wenn du willst, sind wir Zombies. Das ist aber überhaupt kein schlimmes Wort, weißt du. Menschen in Afrika haben ihre Toten so genannt, wenn sie wiederkamen. Wahrscheinlich kannten sie das schon lange, bevor der Dr. Gleubert das neu entdeckt hat, dass das geht. Wir nennen uns sogar gerne ›Zombies‹. Wir sind ziemlich stolz darauf.«

»Na gut. Aber wie ihr mich hierher geholt habt, das war doch Kacke! Was hab ich für eine Angst gekriegt«, beschwerte sich Mandy jetzt. »Wie habt ihr das überhaupt gemacht mit dem Herkules?«

»Genau wie mit dir. Wir haben seinen kleinen Körper auf dem Tierfriedhof entdeckt und wiederhergestellt«, erklärte Frau Heim. Man kann mit den Tieren ja nicht so reden wie mit einem Menschen. Aber wir können ihnen beibringen, wie sie ihre alten Frauchen und Herrchen hierher holen. Und wir geben ihnen Haifischzähne, damit das besser geht. Du bekommst auch welche.«

Die meisten Kinder regten sich ähnlich auf wie Mandy, nachdem sie begriffen hatten, was passiert war. Die Nifazzos hatten vorgesorgt. Frau Heim, eine ausgebildete Erzieherin, verstand es auf geniale Art und Weise, ihnen begreiflich zu machen, dass das ganz toll war, wie sie das gemacht hatten. Sie würde daran sehen, wie sehr sie ihre kleinen Tierchen geliebt hätten. »Die Schmerzen waren doch nur ganz kurz«, erklärte sie auch Mandy. »Und du warst so tapfer. Genau wie beim Impfen. Und deinen Eltern wird es auch nicht lange wehtun. Du kannst sie bald herholen.«

»Was, ich soll meine Eltern umbringen?« Mandy war entsetzt.

»Umbringen, wer spricht denn von umbringen? Bist du etwa tot?« Da hatte Frau Heim wohl recht, sie war wirklich nicht tot.

»Aber wieso denn die Eltern um... herholen?«

»Wir müssen alle holen – alle, aber auch alle.«

Nun setzte Frau Heim zu einen neuen, langen Erklärung an. Die Zombies waren die Besseren. Sie waren kerngesund und unsterblich. Was Mandy noch nicht wissen konnte, das erklärte ihr Frau Heim jetzt: alle Krankheiten wurden beim Wiederaufbau des Körpers beseitigt. Selbst die alten Leute, die sich an nichts mehr erinnern konnten, denen wurde das Gedächtnis wiedergegeben.

Das beeindruckte Mandy schon enorm. Immer leben. Immer gesund. Das war doch wirklich schön. Das war eigentlich richtig irre. Nie mehr Halsschmerzen, nie mehr Zahnschmerzen. Nur – warum konnte man die Eltern und auch die anderen Menschen nicht einfach normal sterben lassen und dann umwandeln? Das fragte sie Frau Heim.

Die Erzieherin war auf die Frage vorbereitet. »Ja weißt du, es gibt schon so viele Menschen auf der Welt. Viel mehr dürfen es gar nicht mehr werden, sonst können sie sich eines Tages nicht mehr ernähren. Und der Nachteil der Menschen ist ja: die vermehren sich. Wenn alle umgewandelt werden in Zombies, dann ist bald nicht mehr Platz für alle da. Deshalb müssen wir, ob wir wollen oder nicht, die Menschen vorher herholen.«

Das leuchtete Mandy ein.

»So, meine liebe Mandy«, ging Frau Heim ein neues Thema an. »Jetzt bringe ich dir bei, wie man die Fäden spinnt. Dann kannst du auch neue Leute kennenlernen.«

Die Erzieherin wunderte sich immer wieder darüber, wie schnell die Kinder begriffen, wie sie mit ihrer Vorstellungskraft die Fäden durch ihren eigenen Körper spießen lassen und in die Umgebung schicken konnten.

Auch bei Mandy war das so. Sofort begann sie, ihre Organe zu durchwuchern und fast gleichzeitig die Umgebung zu erforschen. Frau Heim brachte ihr bei, wie sie mit ihren Fäden Kontakt zu den Mäuseaugen aufnehmen konnte, die überall auf der Erde installiert waren.

Bald stieß Mandy auf neue Zombies und viele entdeckten sie. Nette, interessante Menschen lernte sie kennen. Auch einen ganzen Kreis von Jugendlichen hatte sie bald um sich geschart. Sie waren schnell eine richtige Clique, wie vorher da oben. Und keine nervige Schwester zum Aufpassen.

Als sie aber mitbekam, was Holger da mit den Mausaugen auf der Frauentoilette anstellte, musste sie sich sagen, dass es doch auch ziemlich doofe Spinner unter den Zombies gab.

Vielen der kleinen Opfer war es genauso gegangen wie Mandy.

Was hatten sie sich über den gemeinen Trick aufgeregt. Doch alle erzählten sie der Neuen, wie toll sie Frau Heim bald fanden. Der Ärger verrauschte schnell. Wenig später machten sie begeistert dabei mit, neue Nifazzos zu erzeugen. Das waren zumeist wirklich ihre eigenen Eltern, die ihren Augen nicht trauen wollten, als ihre toten Sprösslinge wieder auftauchten. Bis sie begriffen, was los war, hatten sie schon ihre Halsschlagadern aufgerissen. So war es auch bei Mandy, nachdem sie ihren Körper wiederhergestellt hatte und wiedergekommen war.

Voller Liebe biss sie zuerst ihren Vater tot, dann ihre Mutter.

Auch von den Eltern hagelte es Beschwerden über die Umstände ihrer Beseitigung.

Diese Art, ins Jenseits geholt zu werden, sei nicht besonders angenehm. »Jenseits, von wegen Jenseits«, wurden sie von eigens ausgebildeten Psychologen aufgeklärt. »Ihr und eure Kinder, ihr bleibt doch, wo ihr seid, im Diesseits – ihr haust nur knapp zwei Meter tiefer als zuvor. Und das auch nur vorrübergehend.«

Bald waren die Eltern froh, dass sie wieder mit ihrer Familie vereint waren. Ihr Ärger schwand vollends, wenn sie begriffen, dass alles einem guten Zweck diente.

Beide Tricks, die klappten irgendwann nicht mehr. Zunächst hatten die Lebbies registriert, dass es immer mehr Tiere gab, die Menschen töteten. Ein Frankfurter (Frankfurt an der Oder ist gemeint), ein Frankfurter Hauptkommissar also, der stellte als erster fest, dass da ein Zusammenhang bestand zwischen den vielen Übergriffen der tierischen Bestien und der Schilderung, dass die Tätertiere verstorbenen Haustieren äußerst ähnlich sahen. Selbst Erwachse waren auf die Täuschung hereingefallen. Waren sie zuerst froh, dass Fiffi, Bello oder Muschi wieder da waren, lernten sie kurz darauf deren mörderische Seite kennen.

Zwar verschwanden die Mördertiere immer kurz nach ihrer Tat, doch wurden sie immer wieder einmal von Freunden der Opfer beobachtet, die meinten, das verstorbene Tier wiedererkannt zu haben.

Patrick Oschlies, das war der Kommissar, verbreitete seine

Vermutung, Zeitungen, Fernsehen und Rundfunk griffen sie auf. Von offizieller Seite wurden umfangreichen Warnungen ausgesprochen. Danach ließen die Lebbies die Tiere nicht mehr nahe an sich herankommen. Wer ein Tier einschläfern ließ, der bewaffnete sich mit einem Knüppel und schlug auf die Wiedergeburt ein. Und leider war es so, dass nicht nur die Haut ihre Schwächen hatte. Auch das Bindegewebe war mangelhaft. Druck und Zug richteten große Schäden an. Beine oder Kopf flogen oft beim ersten Schlag schon weg vom Rumpf. Traf der Hieb ungünstig, dann war das ganze Tier gleich in zwei Teile zerteilt.

Das ließ sich alles zwar reparieren. Aber der Aufwand lohnte sich nur bei den Nifazzos selbst, nicht aber bei diesen Aushilfskreaturen.

Auch eine Variante des Haustiertricks klappte nur begrenzte Zeit, die Lebbies waren ja nicht dumm. Nifazzo-Tiere sprangen nicht mehr Kinder an, sondern andere Haustiere, sie sich von ihrem Herrchen entfernt hatten – Katzen, die umherstreunten oder Hunde, die hinter einer Hecke verschwanden. Deren Kadaver wurden in Nifazzo-Tiere umgewandelt. Wenn dieses nach zwei Tagen nach Hause zurückkehrte, dann freute sich das Herrchen über seine Wiederkehr. Doch diese Freude bezahlte er mit seinem irdischen Leben.

* * *

Die Nifazzos entschlossen sich zu offenen Angriffen und begannen mit Einzelaktionen. Eine Episode machte bei ihnen die Runde. Sie galt schnell als Lehrbeispiel.

Bauunternehmer Josef Netzer kramte ein wenig auf dem Baustoffhof herum. Es dämmerte schon, die Arbeiter waren zu Hause. Da hörte er, wie in der Maschinenhalle ein Raupenschlepper angelassen wurde. Der rollte heraus und kam auf ihn zu. Drei Meter vor ihm blieb er stehen. Netzer schaute hoch zum Führerhaus und staunte nicht schlecht, als er Qualtinger darin sitzen sah. Der war letzte Woche gestorben. Noch bevor er einen vernünftigen Gedanken fassen konnte, schoss das tonnenschwere Gerät auf ihn zu, erfasste ihn und begrub ihn unter sich.

Qualtinger stellte die Raupe in der Halle ab, winkte einige Nifazzos herbei, und sie klaubten Netzers Überreste zusammen.

Netzers Frau gab eine Vermisstenanzeige auf. Die Polizei fand den riesigen Blutsfleck auf dem Baustoffhof, aber nicht die Leiche. Netzer kam drei Tage später zurück zu seiner Familie und erschlug seine Frau und die drei Kinder. Bald waren sie alle vollwertige Nifazzo-Mitglieder und bei den Kämpfen dabei.

* * *

In großen Scharen rannten die Nifazzos auf das Dorf zu, von allen Seiten drängten sie heran. Das Ziel war über die Hyphen bekannt gegeben worden. Untote traten aus dem Gemeindefriedhof aus ihren Grabkuppeln, so in Oberstedten, einem kleinen Taunusort – von den Bewohnern selbst *Stedten* genannt. Sie sammelte sich an der Leichenhalle und warteten auf Verstärkung aus Oberursel, Dornholzhausen und Bad Homburg.

Fünfhundert Nifazzos zogen los. Sie nahmen sich, was sie fanden und gebrauchen konnten, holten aus Garten- und Geräteschuppen Äxte, Hämmer und Vorschlaghämmer, Stangen aus Holz und Eisen, Pickel und Baseballschläger.

Dann teilten sie sich auf und zogen von Haus zu Haus. Sie klingelten freundlich wie späte Gäste. Sobald die Tür geöffnet wurde, schlugen oder bissen sie zu. Zehn oder zwölf Untote drangen in das Haus ein und machten alles nieder, was sich bewegte. Die Aktion war äußerst erfolgreich. Das Dorf war ausgerottet. Vor Morgengrauen waren alle Nifazzos in ihre Grabkammern zurückgekehrt.

Nicht nur Oberstedten. Das gleiche geschah in der gleichen Nacht deutschlandweit in gut fünfhundert Ortschaften.

Groß war das Entsetzen am nächsten Tag. Die Medien überschlugen sich. Schnell waren die Schuldigen gefunden: Es waren Islamisten, die ähnlich grausam vorgingen wie seinerzeit in Algerien. Niemand allerdings hatte eine derart intensive islamische Unterwanderung in Deutschland vermutet.

Oberstedten war überfüllt von Journalisten. Die Polizei aber musste ihre zähe Arbeit beginnen. Sie fanden kaum Einbruchsspuren, die meisten Opfer hatten die Täter herein gelassen. Wieso hatte niemand Hilfe geholt? Nicht ein Notruf war eingegangen, auch aus den anderen Orten nicht. Erklärung war nur die Schnelligkeit, mit der das Massaker stattgefunden haben musste. Genauere Überprüfung ergab, dass die 110 doch wiederholt angewählt worden war, in der Nacht zuvor. Nur waren die Leitungen kurz darauf wieder unterbrochen.

* * *

Dieses viele Blut, überall. Selbst Kommissar Harald Fiedler musste mit seiner Fassung kämpfen, als er in so vielen Wohnungen so viele Leichen fand, die meist in einer Lache lagen – bis auf die, deren Schädel zertrümmert war. Doch Fiedler wäre nicht Fiedler gewesen, wenn er es nicht geschafft hätte, sich zusammenzureißen. Er forderte Verstärkung an, bekam aber nur geringe Unterstützung. Seine Kolleginnen und Kollegen aus ganz Deutschland hatten an fünfhundert Tatorten gleichzeitig zu tun. Und Tatort hieß jeweils ein Dorf. 478.902 Opfer wurden gezählt – Frauen, Männer, Kinder, Greise. Keine Rücksicht kannten diese Islamisten.

Waren es Islamisten? Fiedler tat seine Arbeit. Er machte Entdeckungen. In vielen Wohnungen fand er Kampfspuren. Die Opfer hatten versucht, sich zu wehren. In einem Wohnzimmer fand er eine Hand, die nicht zu den Ermordeten des Hauses gehörte. Er ließ sie in die Rechtsmedizin bringen. Ihm fiel schon auf, dass sie wie abgerissen aussah. Aufmerksam geworden durch diese Hand, wies Fiedler seine Leute an, in den Häusern nach Körperteilen zu suchen, die von den Angreifern stammen konnten. Letztlich kamen drei Funde zusammen, ein Finger, ein Ohr und ein Gewebsklumpen aus Haut und Muskulatur. Ein kräftiger Mann hielt den Batzen noch in seiner Hand, als hätte er den Angreifer gepackt und dieses Fleisch aus ihm herausgerissen. Es hatte ihm letztlich nichts genutzt.

Fiedler gab die Information über die Funde weiter. Daraufhin richtete man das Augenmerk auch in den anderen Gemeinden auf solche Überbleibsel aus den Kämpfen. Es wurden ca. hundert Täterteile entdeckt.

Das war der leichtere Teil. Die Rechtsmediziner grübelten bald an einem schier unlösbaren Rätsel. Nicht nur, dass die Haut ungewöhnlich blass war, selbst für eine Leiche. Es war keine Albino-Haut, aber die Pigmente waren auf ein zehntel reduziert. Sondern das Bindegewebe wies auch erheblich verringerte Zugfestigkeit auf. Dadurch rissen die Extremitäten so leicht ab oder die Fleischteile lösten sich mit wenig Kraftaufwand heraus.

Was aber das Merkwürdigste war: Die DNA-Struktur war bei allen Täterorganen gleich, identisch. Wie bei eineiigen Zwillingen. Das hatte es noch nie gegeben. Hatten es die Islamisten geschafft sich zu klonen? Zu klonen mit all ihrer Aggressivität? Nur mit der Schwäche in Haut und Bindegewebe. Offensichtlich war es so. Die Erklärung wurde bekannt gegeben. Das Entsetzen war groß. Klonten die Moslems Armeen von Dschihad-Kämpfer? Und wo steckten sie? Das mussten doch Tausende sein, die unter der normalen Bevölkerung lebten.

Das war schon richtig, sie lebten unter ihnen – unter im Sinn von unten drunter.

Aus der Bevölkerung sprudelte es von Hinweisen und Verdächtigungen, doch sie stellten sich alle schnell als Hirngespinste heraus.

Fiedler war ein gründlicher Polizist. Er kannte sein Handwerk. Er ließ Fingerabdrücke nehmen, so viel seine überforderten Mitarbeiter nur schafften. Es kam fast zur Rebellion gegen ihn. Arbeitsbeschaffungsmaßnahmen führe er durch, wurde er beschimpft. Als wenn die Polizei nichts Besseres zu tun hätte.

Fiedler blieb stur und machte weiter. Es war wirklich viel Arbeit, die er seinen Beamten aufhalste. Fingerabdrücke der Bewohner von den Angreifern unterscheiden, eine Sisyphos-Aufgabe. Doch das Ergebnis lohnte die Mühen. Die Täter-Abdrücke waren alle unterschiedlich. Damit war die Klon-Theorie nicht zu halten.

Der Zufall kam Fiedler zusätzlich zur Hilfe. Einen Fingerabdruck aus Oberstedten konnte er dem Vorbestraften Ferdinand Lanz zuordnen. Ein Kleinkrimineller war das. Es wäre durchaus denkbar gewesen, dass er sich einer Mörderbande angeschlossen hätte. Doch das konnte er nicht, denn er war tot.

Vorerst traten keine Überfälle der Islamisten mehr auf, oder wer immer sie begangen hatte. Ruhe war eingekehrt. Das lag daran, dass die Nifazzos alle Hände voll zu tun hatten, die halbe Millionen der Neuen zur rekonstruieren. Doch damit steigerte sich ihre Schlagkraft massiv.

* * *

Karl Brenner gab Anweisungen, wie die Grabhöhle zu durchlöchern wäre. Loch für Loch sollte hineingeätzt werden. Nachdem das Verfahren bekannt gegeben war, machte sich Walter sogleich an die Arbeit. Er sammelte seine Vorstellungskraft, schickte sie zu seinen Füßen, jagte sie über die Fußsohlen zum Anschluss ans Myzel. Das setzte die Gedanken an der Erdoberfläche um in chemische Prozesse und schuf hunderte von dünnen Löchern, schmal wie Gänge von Regenwürmern, von oben nicht ohne weiteres zu sehen.

Bald war die Decke durchlöchert wie ein Sieb. Ein Lichtschimmer drang hindurch, nicht mehr als ein Hauch von einem fahlen Schein. Und frische Luft drang in das Grab ein. Walter konnte es riechen. Der Muff dort unten wurde allmählich ersetzt durch Frühlingsduft. Licht und Luft, wenn auch nur wenig. So starke Eindrücke, die lösten die nächste Euphorie aus. Walter löste sich von seinem Myzel. Er sprang auf und stieß sich den Kopf. Darüber freute er sich nach dem ersten Schrecken. Das war doch ganz normal. Stoßen und Schmerzen. Wurde er wieder ganz normal, ganz der Alte?

Walter duckte sich ein bisschen, hob den Kopf und blickte in die vielen Lichtpunkte. Dunkelheit war er seit Monaten gewohnt. Deshalb kam es ihm vor, als schaue er in helle kleine Birnchen wie an Weihnachtsdekoration. Nein, das doch nicht. Das waren eher grünlich schimmernde Punkte. Er versuchte, mit den Augen nahe genug an die Öffnungen heranzukommen, versuchte etwas zu erkennen. Nein, mehr als die winzigen Flecken war nicht auszumachen.

Doch jetzt gewahrte der Professor ein anderes, fast vergessenes Gefühl. Er bekam Luftnot. Losgekoppelt von seinem Myzel benötigte er Sauerstoff. Das hatte er durch die Faszination der Lichtpunkte vollkommen vergessen. Doch sein Körper meldete sich, und Walter tat seinen ersten Atemzug. Er zog das Zwerchfell nach unten, sein Bauch wölbte sich vor, der Brustkorb dehnte sich aus. Was für ein Gefühl! Der Professor füllte seine Lungen bis zum Anschlag, hielt in dieser Stellung einige Sekunden aus und ließ die Luft langsam aus dem Mund wieder ausströmen. Dann tat er den nächsten Atemzug. Wieder langsam und bedächtig. Dann noch einen und noch einen, jetzt immer schneller. Er prustete und schnaubte und freute sich über diese Geräusche.

»Walter, gut gemacht, alles gut gemacht!« rief er sich selber zu. Und er freute sich, seine eigene Stimme zu hören.

Walter trat auf der Stelle, er lief auf der Stelle. Er fuchtelte mit den Armen, so weit die Wände es zuließen. Er machte Kniebeugen und passte auf, dass er sich nicht nochmals die Kopfhaut rammte. Die war ziemlich empfindlich.

Der Professor turnte weiter bis zur Erschöpfung. Es dauerte diesmal viel, viel länger, bis es soweit war. Dann legte er sich, nahm Kontakt zu Gleubert und dem übrigen Entwicklerteam auf. Dies schloss sich kurz mit dem U-Parlament und berichtete von den Fortschritten. Die Pilzköpfe erhielten ein riesiges Lob von Kanzler Schulz und allen Abgeordneten. Der Ausstieg konnte angegangen werden. Länger schon waren Vorbereitungen getroffen. Überall auf der Oberfläche waren bereits MAs, die Myzel-Anschlussstellen angelegt.

Schlaf war nicht nötig bei den Pilzmenschen, etwas Ruhe schon. Bevor Walter sich zurückzog, meinte Gleubert noch, er habe das Gefühl, dass irgendetwas nicht stimme. Er fürchte, es stecke mehr dahinter, dass ein Teil der Untoten verschollen sei. Was, das konnte er nicht sagen.

»Hast du schon mal den Begriff ›Lafazzo‹ gehört?«, fragte Gleubert.

»Lafazzo – nein, nie gehört, was soll das denn sein?«, fragte Walter.

»Wir. Wir sind die Lafazzos.«

»Ich denke, wir sind die Pilzmenschen. Wer kommt denn auf Lafazzo?«

Das wusste Gleubert auch nicht. Er hätte aber den Begriff vernommen. Als er nachhaken wollte, war die Verbindung gekappt. Walter wunderte sich. Ihm war nur mal der Ausdruck Pimmel zu Gehör gekommen, eine Verballhornung von Pilzmensch. Da die beiden nicht weiterkamen, verabschiedeten sie sich.

Walter dachte über Gleuberts Beobachtung nach. Dabei spürte er seinen Sonnenbrand. Der wunderte ihn. Dieser Lichtschimmer, mehr war es doch nicht in Wirklichkeit, selbst wenn er ihm wie ein Scheinwerfer vorkam. Aber genau wie die Augen war die Haut seit Monaten kein Licht gewöhnt. Kein Wunder, dass sie überempfindlich reagierte.

Bald wäre es soweit. Bald stünde er wieder oben, oben auf der Oberfläche. Auf dem Gras, nicht mehr darunter. So schnell wie möglich wollte er dann Margot Hensel aufsuchen. Er brannte darauf, sie dort oben zu sehen.

* * *

Dort oben grübelte derweil Kommissar Fiedler. Er zählte eins und eins zusammen. Identische Erbsubstanz, aber unterschiedliche Fingerabdrücke. Einer davon nachweislich von einem Toten. Hier waren Untote am Werk. Es dauerte, bis sich dieser Gedanke in seinem Hirn festsetzte. Er verwarf ihn hundert Mal. Er schlief schlecht, wachte auf mit dem Gedanken: Das kann nur so sein. Die Toten haben einen Weg gefunden, sich zu wiederherzustellen. Mit ein und demselben genetischen Material. Aber ihre Organe und damit die Fingerabdrücke, die waren unverändert. Die entsprachen genau den Strukturen, die sie im Leben hatten.

Wie das geschehen konnte, diese Frage konnte er sich nicht beantworten. Das war nicht seine Aufgabe, darüber konnten sich schlauere Leute als er den Kopf zerbrechen.

Was jedoch auch gegen eine islamistische Aktion sprach, war das fehlende Bekennerschreiben. Diese radikalen Moslems brüsteten sich doch jedes Mal voller Stolz mit ihren perfiden Taten.

Am nächsten Morgen schickte Harald Fiedler ein Fax an Staatsanwalt Norbert Schlepp. Er beantragte Ferdinand Lanz' Graböffnung.

Schlepp bestellte den Kommissar zu sich und ließ sich dessen Gründe persönlich erklären. Dann schickte er ihn zurück in sein Büro mit der Begründung, er müsse die Sache überdenken. Eine Viertelstunde später erschien Dr. Locke, der Psychiater vom polizeiärztlichen Dienst, bei Fiedler. Er stellte ein paar Fragen und wehrte alle Einwände gegen sein psychiatrisches Interview ab.

»Ich muss Sie vom Dienst suspendieren«, eröffnete er nach einer halben Stunde. »Sie leiden an einem akuten Überforderungssyndrom. Das ist ja auch nur zu gut nachvollziehbar«, fügte er väterlich hinzu. »Gönnen Sie sich eine Auszeit. Dann sind Sie schnell wieder fit. Ich rate ihnen, wenden Sie sich in der Zwischenzeit an den Psychologischen Dienst. Die machen gute Arbeit.«

Fiedler kochte innerlich. Er und diese Psychologen-Kacke. Er hatte doch keine Macke. Diese Idioten hatten sie. War das nicht offensichtlich, was er entdeckt hatte?

»Aber die Fingerabdrücke, die stammen nun mal von dem toten Lanz«, war sein letzter Versuch.

»Sie verrennen sich in etwas. Sie müssen wieder einen klaren Kopf bekommen. Da hat es einfach einen Fehler bei der Zuordnung gegeben. So etwas kommt vor, hat Staatsanwalt Schlepp gemeint.«

Mit den Worten »Ich wünsche Ihnen alles Gute. Gönnen sie sich die Ruhe.« verließ Dr. Locke das Büro. Wütend packte Fiedler ein paar Sachen zusammen und teilte seinem Team mit, dass er krank geschrieben sei. Nähere Erklärungen gab er den Kollegen nicht.

* * *

Was waren das für Erlebnisse in den letzten Monaten! Walter wohnte immer wieder den Erweckungen bei, so oft er Zeit hatte. Das lenkte ihn ein wenig ab von seiner Geistesarbeit. Es hatte für ihn etwas Süßes, zu beobachten, wie die Menschen langsam begriffen, dass sie nicht tot waren, zumindest nicht richtig. Es erinnerte ihn an sein eigenes Erwachen, und das war beinahe das Schönste, das er je erlebt hatte. Kam direkt nach der Geburt seiner Tochter.

Die religiösen Menschen glaubten, als ihre Gedanken sich regten, nun, der jüngste Tag habe begonnen. Oder sie seien bereits im Himmel, weil sie sich so wohl fühlten. Einige Pessimisten glaubten sich eher in die Hölle, weil alles schwarz war und sie sich nicht bewegen konnten. Moslems wähnten sich im Dschanna, Buddhisten im Nirvana.

Sobald sie zu reden gelernt hatten, begannen alle, von ihrem Sterben zu berichten, alle. Das war für Walter nach wie vor zu langweilig. Das wollte er überhaupt nicht wissen, das interessierte ihn nicht im Geringsten. Es war wie früher, wenn man ein Pärchen kennenlernte. Irgendwann kam es zu der Story, wie es sich kennengelernt hatte. Nichts als Belanglosigkeit für den Professor. Doch auch ohne Walter fanden die Neuen immer reichlich aufmerksame Zuhörer.

Nun war man kurz vor dem Ziel. Als bekannt geworden war, dass Gewebsrekonstruktion möglich sein könnte, wurden die Wissenschaftler von allen Seiten bedrängt. Wie ein Lauffeuer hatte sich die Nachricht unter den Untoten herumgesprochen. Sie alle wollten wieder heraus aus der Erde, herumlaufen, essen, trinken und, ja, auch geschlechtliche Genüsse erleben.

Heiße Diskussionen entstanden, was man oben tun sollte. Wie wollte man sich den Lebbies nähern. Probleme wurden benannt und besprochen. Wie würde man von den Lebenden aufgenommen – freundlich oder feindlich?

Gleubert dachte an Bruno Bauermann und an die unerfreuliche Diskussion mit ihm. Der St.-Paui-Brummer hatte genau gewusst, was er tun würde. Von ihm aber hatte der Doktor lange nichts mehr gehört. Das war schon merkwürdig. Er versuchte, mit ihm Kontakt aufzunehmen. Merkwürdigerweise klappte das nicht. Klar, jeder konnte seine Kommunikation abstellen. Aber meist meldete sich die Person, die man erreichen wollte, über kurz oder lang. Es war, als ob man laut in eine Gruppe von Menschen hineinrief, bis der Gesuchte es hörte.

Lafazzos, Lafazzos – dieser seltsame Begriff. Gab es einen Zusammenhang?

* * *

Gleubert kam nicht weiter und hatte auch nicht ewig Zeit zum Grübeln.

Die Erweckungen schritten fort. Sie breiteten sich in die Fläche aus; die Grenzen Deutschlands waren erreicht. Die Myzelien griffen über auf Polen, Tschechien, Österreich, die Schweiz, Frankreich, Belgien, Luxemburg Holland und Dänemark. Bei Polen kam es zu einer kleinen, unvermuteten Störung. Es war aber in Anbetracht der Größe der Vorgänge wirklich ein nichtiges Problem, ein Problemchen eigentlich nur.

Nach Polen war das Geflecht zuerst gestoßen. In Berlin vermehrten sich die Untoten rasant, die Hyphen vervielfachten ihre Aktivität und waren ganz schnell an der Oder. Diese zu durchqueren war ein Klacks. Das Myzel war ja nicht wasserscheu. Im Gegenteil, jedes neue Gewässer stellte eine willkommene Energiequelle dar. Der erste Friedhof in Słubice, der fiel sogleich in die Hände der Pilzmenschen. Der erste Pole, den sie aktivierten, der sprach kein Deutsch. Zwischen Polen und Deutschland verlief die Sprachgrenze aus historischen Gründen. Durch den Eisernen Vorhang war der wechselseitige Besuch jahrzehntelang unterbrochen, der Gedankenaustausch ausgebremst. Zudem hatten die Polen nach dem Krieg die Deutsch sprechende Bevölkerung bewusst umgesiedelt.

Wer sollte dem armen Kerl nun beibringen, wieso sein Denkvermögen plötzlich wieder da war, wie ihm die Panik nehmen, die ihn überfallen könnte, wenn ihm klar wurde, dass er bewegungslos unter der Erde verharren musste. Doch diese Furcht schwand schneller als der Dolmetscher gefunden wurde. Hatten sich doch alle, ausnahmslos alle Erweckten in den ersten Stunden nichts als wohl gefühlt in ihrer Haut. Walter erinnerte sich an seine ersten Eindrücke: Er war sich vorgekommen wie in einem Wellness-Bad.

Eine Dolmetscherin war es, die Pawel Kaczmarek aufklärte. Sie begleitete zunächst die folgenden polnischen Erweckungen. Bald jedoch konnten das Kaczmarek und seine neuen Landsleute übernehmen.

Nun war die Gemeinschaft der Pilzmenschen aber auf die Verständigungsschwierigkeiten vorbereitet. An die neuen Grenzen positionierten sich im Geflecht jetzt immer einige Sprachkundige.

Der erste Franzose, Phillippe Guerin wartete mit einer Besonderheit auf. Kaum dass er sich artikulieren konnte, schmetterte er die Marseillaise. Als man ihm erklärte, dass die Bewegung, die die Toten konservierte, nach Deutschland und Polen jetzt auch Frankreich erfasst hatte, sagte er:

»Morts de tous les pays, unissez-vous!« Meint soviel wie: Tote aller Länder, vereinigt euch. Ein Scherzbold, ein Gewinn für die Gemeinschaft. Schade, dass fast nur die französischen und belgischen Untoten später mit seinen Scherzen mitlachen konnten.

* * *

Ein gewöhnlicher Banküberfall. Commerzbank am Ida-Ehre-Platz, im Zentrum von Hamburg. Vier Maskierte dringen ein, Sturmgewehre im Anschlag. Sie trieben die Kunden in eine Ecke und zwangen sie, sich hinzulegen. Dann forderten sie von den Angestellten Geld, das sie in eine durchgereichte Plastiktüte stecken sollten. Diese schnappten sie sich, und verschwanden, so schnell sie gekommen waren. Groß war die Beute nicht, gerade mal 30.000 Euro.

Doch fanden an diesem Tag an insgesamt vierzehn Bankfilialen ähnliche Überfälle statt. Eine konzertierte Aktion. 250 000 Euro insgesamt in der Hand von Kriminellen – oder von Terroristen. Mit Sicherheit sollte das Geld nicht für wohltätige Zwecke ausgegeben werden. Die Angst vor neuen islamistischen Übergriffen flackerte wieder auf.

* * *

Bei den riesigen Entfernungen traten neue Probleme auf. Die Kommunikation dauerte viel zu lange. Die Nervenbahnen leiteten mit einer Geschwindigkeit von 100 Metern pro Sekunde. Zwicken in den Po registriert das Bewusstsein nach einer hundertstel Sekunde. Das ist so gut wie nichts, denn man befindet sich ja nicht bei der Olympiade. Dem Gehirn kommt es so vor, als erkenne es den Reiz in dem Moment der Entstehung. Welch ein Irrtum! Was dem Menschen reicht, das ist für die Friedhöfe eine Zumutung. Allein in Hamburg dauerte eine Mitteilung von Harburg nach Wandsbek bei 18 Kilometern schon drei Minuten. Bis die Antwort kam, waren sechs Minuten um. Kaum noch möglich wäre ein Gespräch nach Berlin oder gar München. Eine bzw. drei Stunden hätte der Weg gedauert.

Aus dem Entwicklerteam fanden sich Physiker und Chemiker zusammen. Metallbahnen mussten her. Am einfachsten war Aluminium aus der kontinentalen Erdkruste zu gewinnen. Das stand in Unmengen zur Verfügung. Die Chemiker sorgten für die Aufbereitung, die Physiker steuerten die Mikrovilli und -membranen so, dass sie eine Verkabelung erstellten. Spezialisierte Stammzellen überzogen sie mit Fettgewebe, so dass die Kabel eine vortreffliche Isolierung hatten.

Das Fernsprechnetz ergänzte das gesamte Riesenmyzel. Bei der Ausbreitung schritten nunmehr die mikroskopisch kleinen Hyphen, die Nervenfasern und die Alubahnen gleichzeitig voran. Die Verständigung klappte jetzt so gut wie oben bei den Telefongesellschaften.

* * *

Dort oben verkaufen sich täglich 50.000 Handys, allein in Deutschland. Was fällt es da schon groß auf, wenn es an einem Tag einmal ein paarhundert mehr sind als sonst. Die Kassiererin stutze schon, als ein Kunde im Mediamarkt in Frankfurt-Borsigallee dreißig Geräte des Sonderangebots aufs Band legte. Gut gekleidet war er, eigentümlich blass zwar und mit einem breitkrempigen Hut.

»Wir statten unsre Firma mit neuen Handys aus«, erklärte der Kunde, als er das Zögern der jungen Frau gewahrte. Daraufhin nahm sie ihm den Geschäftsmann ab. Es machte sie auch nicht mehr misstrauisch, dass er bar bezahlte.

* * *

Die Arbeiten an der dritten Dimension, der zeitlichen Tiefe, die waren langwieriger. Wie eine Vorübung dazu schienen im Nachhinein die Massengräber aus dem ehemaligen Jugoslawien. Diese waren von den Lebbies längst nicht alle entdeckt. Aber die Pilzmenschen fanden sie. Nichts entging ihnen, kein toter Wurm und keine Käferlarve, kein verbuddelte Haselnuss, die ein Eichhörnchen vergessen hatte. Wie sollten sie da eine menschliche Leiche übersehen oder gar ganze Friedhöfe.

In gewisser Weise waren die Massengräber sogar einfacher. Der Aufwand pro Leiche war geringer, das Ergebnis steigerte sich ins Dutzendfache. Komplizierter waren die Massengräber der Nazis. Hier hatte der Zahn der Zeit deutliche Spuren hinterlassen, speziell bei den Gruben bei den ehemaligen Konzentrationslagern. Die Leichen waren durch Zusammenschieben mit den Planierraupen zum Teil erheblich beschädigt.

Aus dem Entwicklerteam bildeten sich Spezialisten, die diese Aufgabe schafften. Sie ernteten große Anerkennung sowohl vom U-Parlament wie auch von der gesamten Bevölkerung. Regelrechte Begeisterung machte sich breit, vor acht Jahrzehnten begangenes Unrecht wieder gut zu machen. In Verbindung mit den Kenntnissen aus den Urnengräbern schafften sie es, selbst die Opfer der Krematorien zu Tausenden wiederherzustellen, fast in der gleichen Geschwindigkeit wie normal verrottete Leichen.

Es spielten sich bewegende Szenen ab, wenn ganze verbrannte Familien sich wiederfanden. Diese Vorgänge erregten sogar Walters Aufmerksamkeit, zumindest eine Zeitlang. Doch konnte er dort nicht ein Leben lang verweilen, denn das waren unendliche Geschichten.

»Wie lange dauert denn dein neues Leben«, kam eine Frage irgendwo her, wie aus dem Off. Walter hatte wohl etwas zu laut gedacht. Den Frager konnte er nicht ausmachen.

»Ich weiß es nicht«, musste er ehrlicherweise zugeben. Sprach's in die Menge und hielt kurz inne. Waren es diese Menschen nicht wert, dass man ihnen zuhörte? Doch, sie waren es.

Die Historiker unter den Untoten, die nahmen ihre Aussagen begierig, gewissenhaft und sehr genau zu Protokoll. Das entging Walter nicht. Ihre Arbeit diente ihm zur Entschuldigung, sich wieder seinen eigenen Belangen zu widmen.

Die Mörder der Juden, Homosexuellen, Behinderten und politischen Gegner allerdings, die waren fast alle auch schon tot. Sie waren natürlich bald bekannt. Die jungen, unerfahrenen Untoten waren noch nicht in der Lage, ihr Gedächtnis vor der Gemeinschaft zu verschließen. Es bildeten sich Gremien, die zuallererst herausfanden, wer das war, den sie da reanimiert hatten. Und das, was sie fanden, wurde zum Allgemeingut.

So gab es unterirdisch schwerste Vorwürfe gegenseitig. Opfer wandten sich an die Täter und machten sie zumindest verbal nieder. Gerichte gab es schon. Die hatten alle Hände voll zu tun und kamen ihrer Aufgabe kaum nach. Eine Universität wurde gegründet, die junge Juristen ausbildete. Dabei konnte so ein ›junger‹ Richter durchaus ein Untoter sein, der bei den Lebbies schon neunzig Jahr und mehr auf dem Buckel hatte. Und die Ausbildung verlief, wie schon erklärt, viel schneller als dort oben.

Richter gab es, die sprachen Recht. Nur war die Frage, auf welche Art man strafen sollte.

Die beliebteste Art der Bestrafung war die Verzögerung. Der Ausbau der Tätermyzelien wurde gedrosselt. Sie bekamen nur begrenzt Zugang zum allgemeinen Wissen, zum Hören und Sehen. Und ihre Organe wurden langsamer rekonstruiert. Sie hatten sich aufrichtig zu entschuldigen und mussten sich bewähren. Dann konnten sie sogar ihre Ehrenrechte wiedererlangen, konnten zunächst das passive, später auch das aktive Wahlrecht erwerben.

Manche dieser Nazi-Verbrecher wurden zu vollwertigen Mitgliedern der Pilzmenschen, andere wurden es nie. Leider fiel der Gemeinschaft viel zu spät auf, dass diese ihr eigenes Süppchen kochten.

U-Parlament und U-Gerichte fungierten bald nicht mehr national, die Grenzen waren ja schon gesprengt. Die Föderation wurde Zug um Zug erweitert, es entstanden das Europaparlament der Untoten und der Untote Europäische Gerichtshof, der UEuGH.

Während das Geflecht sich ausbreitete, die Leichen nicht nur aktivierte, sondern ihre verrotteten Organe funktionsfähig wiederherstelle, organisierte das U-Parlament die Rückkehr zu den Lebbies.

Die einen bezeichneten es als Glücksfall, die anderen als logische Folge der systematischen Friedhofspflege: Konrad Adenauer und Willy Brandt weilten mittlerweile unter den Pilzmenschen. Sie wurden als Delegationsführer vorgeschlagen. Ihnen würden die Lebbies Vertrauen schenken. Die beiden musste nicht lange überzeugt werden, sie erklärten sich zu dieser Aufgabe bereit.

Es war erstaunlich, wie diese beiden ehemaligen politischen Kontrahenten sich einigten, an einem Strang zu ziehen. Politisch waren sie sich sowieso kaum in die Quere gekommen. Adenauer als Bundeskanzler konnte Brandt als regierenden Berliner Oberbürgermeister akzeptieren, und als dieser zum Kanzler gewählt wurde, war Adenauer schon dort, wo sich die Pilzmenschen später um ihn kümmerten.

Strategisch sollte das Auftauchen folgendermaßen ablaufen: Eine Delegation weiterer hochrangiger, verstorbener Politiker sollte bei der Kanzlerin vorsprechen. Dazu gehörten Theodor Heuss, Franz Josef Strauß, Herbert Wehner, Ludwig Erhard und Gustav Heinemann, um nur einige zu nennen.

Sie sollten die Lebbies über das Weiterleben nach dem Tod informieren. Hauptziel würde sein, per Gesetz festzulegen, dass möglichst jedem Sterbenden in der Übergangsphase das Natriumsilikat gespritzt werden sollte. Es konnte auch nach Todeseintritt noch ins Herz injiziert werden und wie bei Walter per Herzmassage in alle Bereiche des Körpers verteilt werden. Das würde die Wiederaktivierung wesentlich erleichtern.

Außerdem müsste die Unsitte mit den Holzsärgen verboten werden, Feuerbestattung erst recht. Allenfalls ein Leichentuch sollte gestattet ein, wie bei den Muslimen. Ideal wäre die Beisetzung an den Orten, die für die Hyphenbildung am besten geeignet sind. Dort, wo von Natur aus Feuchtigkeit und viele Zellbausteine oder ihre Vorstufen vorhanden waren. Die Pilzmenschen konnten dem Bundestag Listen geeigneter Plätze erstellen.

Die Lebbies konnten die Wiederherstellung ihrer Verstorbenen beschleunigen, indem sie diesen Beisetzungsorten regelmäßig die benötigten Chemikalien zufügten. Diese sollte man von großen Tanks aus kontinuierlich in den Boden sickern lassen.

So wäre es zu schaffen, dass die Angehörigen ihre Verblichenen meist innerhalb einer Woche wiedererhalten würden – gesund und geistig frisch!

Die Delegation stellte sich bereits im Vorfeld auf Gegenwind ein. Vielen würde ihr Erscheinen zunächst einen Schrecken einjagen. Die Untoten kommen zurück, würden sie sagen, das sei doch unheimlich. Aber war es wirklich unheimlich, das Adenauer und Brandt wieder da waren? Kamen mit ihnen nicht unglaubliche Erfahrung und politisches Geschick wieder zu den Menschen zurück?

Die Überbevölkerung würde angesprochen werden, das war so gut wie sicher. Es wären wahnsinnig schnell viele Milliarden Menschen mehr auf der Erde. Wo sollten die unterkommen und wie sollten die ernährt werden?

Dazu sollte die Delegation drei Lösungen vorstellen:

Die Ernährung wird dadurch erleichtert, dass die Pilzmenschen ihre Energie ganz oder teilweise weiter über das Myzel beziehen. Damit sind die Energiequellen wesentlich erweitert. Sie können jeden Mist und Abfall aufbrauchen. Allein die vielen Müllhalden geben Nahrung für Jahrhunderte. Die Wiederkehrer müssen den Lebbies also nichts wegessen. Natürlich können sie sich gelegentlich mit ihren Familienangehörigen an einen Tisch setzen und eine Kleinigkeit mit ihnen zusammen verspeisen. Doch daraus wird keine Hungersnot entstehen.

Der Platzmangel wird damit ausgeglichen werden, dass unbewohnbare Gebiete wie Wüsten und Urwälder bevölkert werden. Selbst Leben am Meeresgrund ist denkbar. Die Hyphen können auch dorthin vordringen. Flüssigkeit für die Wüsten saugen sie aus den Ozeanen. Was schert sie die Entfernung, und was schert sie der Salzgehalt?

Trotzdem wird der Platz zu eng werden, vor allem wenn man die antiken Völker zurückholt. Deshalb der zweite Vorschlag. Dazu dachte sich die Kommission ein Rotationssystem aus. Die Untoten dürfen nur eine gewisse Zeit oben bleiben. Nach genau 100 Jahren müssen sie Platz machen und sich wieder schlafen legen. Dann kommt die nächste Generation an die Reihe. So kann das funktionieren. Waren alle Erweckten oben, beginnt der Kreislauf von neuem.

Die Schlafdauer wird davon abhängen, wie viele Menschen überhaupt reaktiviert werden und von der Entscheidung, ob man auch die Neandertaler zurückholen wird. Darüber tobte unterirdisch gerade eine heiße Diskussion, sie war noch zu keinem Abschluss gekommen. Doch selbstverständlich sollten Adenauer und Brandt den Lebbies ein Mitspracherecht gewähren.

Die dritte Lösung war noch nicht ganz spruchreif. Falls sie gelingen und sich durchsetzen wäre sie allerdings die effektivste. Rappoport war gerade dabei, die Gewebe in verkleinerter Form herzustellen. Sollte das Verfahren erfolgreich sein, dann konnte er einen ganzen Pilzmenschen verkleinert zusammenbauen, sagen wir mal in Mausgröße. Er wäre dann wirklich nicht größer als ein Pilz. Mit diesen Miniatur-Wiederkehrern wäre die Ressource Erdoberfläche wesentlich effektiver zu nutzen. Die Wiederkehrer könnten in puppenhausgroßen Unterkünften leben, ihre Städte sähen aus wie das Leeraner Miniaturland.

Selbst Fleischwerdung in Ameisengröße wäre vorstellbar.

Gut, all das sollte das untote Politikergespann der oberirdischen Regierung nahelegen. Und sie sollten sie zudem überzeugen, möglichst keine Kinder mehr zu zeugen. Vielleicht ein staatliches Sterilisationsprogramm? Ständiger Nachwuchs würde die Schlafphasen unnötig verlängern und wäre auch verzichtbar, da ja nun niemand mehr sterben brauche.

Das Argument, man müsse doch die Möglichkeit erhalten, dass neue Genies geboren werden, sollten Adenauer und Brandt damit entkräften, dass ja die alten Genies wiederkommen würden. Und deren Hirne wären frischer als zu Lebzeiten. Bei Robert Koch war man fast am Ziel, und Beethoven bereits aufgespürt. Die Myzelien waren schon unterwegs nach Amerika. Der Ozean stellte für sie kein Hindernis mehr dar. Deshalb war ja England bereits Mitglied im Bund der unterirdischen Föderation. Mit der zweiten Eroberung Amerikas von Europa aus würde man auch Einstein finden, ohne Zweifel. Wenn auch der Pathologe Thomas Hervey sein Gehirn bei der Obduktion gestohlen hatte, so hatten die Pilzmenschen keinen Zweifel daran, dass sie es rekonstruieren konnten. Beweis waren die vielen Erweckten, die aus Urnen und den Krematorien der Nazis wiederhergestellt waren.

Was aber wäre, wenn der Bundestag beschließen würde, dass er ganz und gar gegen die Wiederauferstehung wäre? Solche Stimmen konnte es geben. Stimmen, die die Auferstehung verboten. Wer tot war, der war tot, dar hatte keinen Platz mehr auf Erden. Mit dem Tod hatten sich die Menschen abzufinden, das gehörte zum Leben dazu.

Solche Argumente würden auf eine Konfrontation hinauslaufen. Adenauer, Brandt und die anderen Politiker sollten auf ihrem Recht bestehen. Sie sollten die Gegner fragen, wie sie sich das denn vorstellten. Wollten sie die Delegation nochmals ins Jenseits befördern? Und wie wollten sie sicher sein, dass sie dort blieben?

Die Pilzmenschen hofften auf die Vernunft der Lebbies. Sie konnten nicht ahnen, dass dort oben die Geschehnisse längst entglitten waren. Sie sorgten sich um ungelegte Eier.

* * *

Doch arbeiteten die Pilzköpfe akribisch weiter an ihrem Plan. Lange sollte das Auftauchen nicht mehr hinausgezögert werden. Doch erst einmal sollte ein Probelauf stattfinden. Gleubert und Walter wurde die Ehre zuteil, die ersten zu sein, die das Tageslicht erblickten. Das hatten sie sich verdient, war die einhellige Meinung des U-Parlaments und aller Fachgremien. Der Professor erwischte sich bei dem Gedanken, ob er nicht Margot informieren und sie mitnehmen sollte beim ersten Auftauchen. Doch die Idee verwarf er wieder. Wer weiß, was ihn oben erwartete. Margot würde ihm nicht weglaufen. Hoffte er.

Walter macht sich also bereit. Die Tage davor hat er mit Hilfe des Myzels unendlich viele neue Löcher durch die Grabeskuppel gebohrt. In der Mitte hat er einen Kreis gestaltet, etwas kleiner als ein Kanaldeckel. Die Perforierung verläuft schräg, so dass der ganze Kreis von unten nach oben breiter wird. Bereits Wochen zuvor hat er die Grabkammer umgestaltet, indem er aus der Erde einige Stufen herausgeätzt hat.

Walter löst sich mit dem schlürfenden Geräusch von seinem Myzel. Er richtet sich auf und klopft ein paarmal gegen die Decke. Die Löcher spenden kein Licht, denn es ist Nacht. Ein faustgroßes Stück bricht jetzt heraus. Es fällt ihm auf die Zehen, und Walter stöhnt auf. Dann bückt er sich, tastet nach dem Brocken und benutzt ihn als Faustkeil. Immerhin kann er schon fahles Mondlicht durch das Loch dringen sehen.

Mit der rechten Hand klopft Walter die Perforation entlang, mit der linken stützt er die Scheibe ab, damit sie ihn nicht auf den Kopf donnert. Die Vibrationen werden stärker, daran spürt Walter, dass die Scheibe sich lockert.

Dann ein letzter Schlag, und die Scheibe als Ganzes ruckelt. Behutsam drückt Walter sie nach oben weg. Er merkt, dass ein paar Wurzeln abreißen. Etwas Erde bröckelt in sein Grab. Dann legt er die herausgelöste Platte zur Seite, auf sein Grab. Langsam steigt er die vier Stufen hinauf und hält sich dabei am Rand der Öffnung fest. Den Oberkörper drückt er aus dem Loch heraus. Es gelingt ihm ohne große Mühe, auch wenn der Bewegungsablauf ungewohnt ist. Doch in Vorbereitung auf die Aufgabe hat er trainiert. Liegestützen und Kniebeugen in der Gruft und eine Serie von isometrischen Kontraktionen.

Wie ein Kanalarbeiter mag Wolfgang Walter aussehen, als er aus seinem Grab heraussteigt. Nur ist er nackt im Gegensatz zu einem Arbeiter. Jetzt steht der Professor auf seinem Grab im Neuen Friedhof in Hamburg-Eißendorf. Er reckt sich und streckt sich zum ersten Mal richtig, ohne sich an Decke oder Wand zu stoßen. Er kommt sich vor, als sei er neu geboren. Aus einer engen Öffnung geschlüpft und nackt steht er da. Ja, das hat schon etwas von einer Geburt. Eine Hebamme hat er nicht gebraucht, es war eine Spontangeburt. Walter lacht in sich hinein. Doch, eigentlich hat er einen Geburtshelfer. Das war Gleubert.

»Herzlichen Glückwunsch zum Geburtstag, Zombie«, gratuliert Walter sich selbst.

Walter besann sich auf seine Aufgaben. Gleubert, denn wollte er jetzt treffen, so war es besprochen. Er hatte Glück, dass er ebenfalls auf dem Neuen Friedhof wohnte, aber am entgegengesetzten Ende. Sie hatten vereinbart, sich bei dem Kleidersammlungs-Container zu treffen, der in einer Ecke stand. Den hatten sie mit den Maugen ausgekundschaftet.

Eilig hatte Walter es nicht. Er sah sich um. Das Mondlicht genügte seinen Dunkelheit gewohnten Augen. Er betrachtete sein Grab und war zufrieden: Granitumrandung, ein Kranz mit Begonien, am Kopfende Stiefmütterchen und in der Mitte Bodendecker. Zum Glück keine Granitplatte über das ganze Grab, das hätte seinen Ausstieg ungemein erschwert. Die Bodendecker konnte er mit seinem Deckel insgesamt hochhieven. Wenn er das Grab wieder verschließen würde, wäre von seinem Rundgang nichts zu merken.

Gut hat sein Frickelchen das Grab gestaltet. Was wird sie sagen, wenn er sie wieder in die Arme schließt?

Walter machte sich auf dem Weg zum Altkleidercontainer. Bald erkannte er dessen Umrisse. Gleubert war noch nicht zu sehen. Die beiden sollten sich einkleiden und Angemessenes für Adenauer und Brand besorgen, auch für die übrigen Politiker. Bei Strauß konnte es schwierig werden, aber die Pilzköpfe hatten ja schon weitere Container ausgemacht. In irgendeinem sollten sich Übergrößen finden lassen.

Walter ging ein Stück Richtung Container. Er hörte plötzlich lautes Kläffen und sah bald darauf, wie ein Schäferhund einen Mann verfolgte. Er rannte so schnell er konnte, doch das Tier holte ihn in wenigen Sätzen ein. Es sprang ihm an die Kehle und biss ihn kurzerhand tot. Kurz vorher gab das Opfer dem Vieh noch einen kräftigen Tritt, und dessen rechtes Vorderbein flog weg.

Walter war fassungslos. Der Mann tat ihm leid. Ein Impuls

war da, ihm zu Hilfe zu eilen. Doch wie sähe es aus, wenn er sich als Nackter an ihm zu schaffen machte? Er regte sich nicht mehr. Bei der Blutlache, die in der kurzen Zeit entstand, glaubte Walter sowieso an keine Überlebenschance.

Und was war das mit dem Hund? Durch einen Tritt kann doch eine Gliedmaße nicht einfach abreißen. Was tat es nun, das Biest. Es kam auf Walter zu. Angst hatte er keine. Mit diesem dreibeinigen Monster würde er schon fertig werden. Das blutete nicht wenig und würde sich kaum lange auf den restlichen drei Pfoten halten können.

Der Hund beachtete Walter überhaupt nicht. Er kam zum Friedhof, humpelte an Walter vorbei und lief zielgerichtet auf ein Rasenstück. Ort blieb er stehen. Walter hatte in seinem enormen Gedächtnis sämtliche MAs des Friedhofs abgespeichert. Und dieser Flecken, auf dem das Biest jetzt stand, das war einer davon.

Walter konnte es kaum fassen, aber er musste zusehen, wie in einer Viertelstunde das fehlende Bein nachgewachsen war. Dann rannte der Köter kläffend wieder los. Auch diesmal ignorierte er den Professor.

Was hatte das denn zu bedeuten? Während Walter noch am Container stand und grübelte, näherte sich Gleubert. Der nahm seinen ehemaligen Patienten in den Arm und wunderte sich über dessen zurückhaltende Reaktion.

»Stimmt etwas nicht?«, wollte er wissen.

»Ja«, antwortete Walter und schüttelte sich dabei. »Genauer gesagt: Es stimmt überhaupt nichts mehr«, verbessert sich Walter. Dann schilderte er das, was er gerade erlebt hatte. Dabei deutete er auf die Leiche auf dem Bürgersteig. Unverändert lag sie da. Anscheinend war außer diesem Menschen in dieser Nacht sonst niemand unterwegs.

»Mir schwant nichts Gutes«, äußerte sich Gleubert. Neulich, da hab ich dich nach Lafazzos gefragt. Jemand nennt uns so. Ich ahne einen Zusammenhang. Das war doch eindeutig ein Zombiehund. Jemand muss ihn programmiert und auf Lebbiejagd geschickt haben. Und dieser Jemand, der gehört nicht zu den Pilzmenschen.«

Beide schwiegen. »Manchmal werden Entdeckungen fast

gleichzeitig gemacht. Kann sein, dass außer mir noch jemand die Phosphatreihen stabilisieren konnte und all das drum und dran«, versuchte Gleubert eine Erklärung.

»Ja, das kann sein«, betätigte Walter. »Doch hilft uns das jetzt nicht weiter«, sagte er schließlich. Wir müssen zurück und die anderen informieren.«

»Gut«, pflichtete Gleubert ihm bei. »Aber lass uns noch Kleider holen, wer weiß wann wir wieder raus müssen.« Das sah Walter ein. Er war froh, etwas zu tun zu haben.

Den Container aufzubekommen, das war nicht einfach. Man konnte nicht einfach hineinlangen und die Kleidersäcke herausziehen. Der Kippmechanismus der Einwurfklappe verhinderte das. Mit bloßen Händen bekamen sie das Türchen nicht auf, es war verschlossen. Gleubert suchte an den Gräbern herum. Schließlich fand er eine Schaufel an einem Grab, das gerade jemand umgestaltete. Familie Schimmelpfennig lag darin, dazu musste Gleubert nicht einmal auf den Grabstein schauen. An ihre Erweckung konnte er sich gut erinnern. Sie waren alle Fünfe bei einem Autounfall umgekommen. Obwohl er zum ersten Mal wieder oben war, konnte er die meisten Pilzmenschen gedanklich ihren Gräbern zuordnen und hatte ein genaues Bild der Friedhofsbelegung.

Mit der Schaufel ließ sich die Tür leicht aufhebeln. Die beiden Untoten schleppten sechs Kleidersäcke und einige Einzelstücke etwas weiter weg von der Straße, obwohl sie nicht einen Spaziergänger entdecken konnten. Dafür aber einen Tiger. Wieder ein Bild, bei dem Walter sich fragte, ob seine wiederhergestellten Augen richtig funktionierten. Zwei Kreuzungen weiter, nicht ganz deutlich zu sehen, aber deutlich genug, da stand der Schäferhund und ihm gegenüber ein Tiger. Der Hund kläffte, der Tiger knurrte. Diese Geräusche waren es, die Walters Aufmerksamkeit erregt hatten.

Die beiden Biester gingen vorsichtig aufeinander zu, beschnupperten sich, drehten sich um, und dann zog jedes Tier seines Wegs.

»Oh, oh«, stieß Gleubert nur aus.

»Du hast den Tiger also auch gesehen«, fragte Walter nach.

»Klar doch, du nicht?« – »Doch, bin mir nur nicht sicher, ob ich meinen Augen wieder trauen kann. Verdammt noch Mal, was ist das?«

»Komm, lass uns einkleiden. Reden können wir im Grab. Dort kann ich auch besser nachdenken.«

Das taten sie. Jeder fand etwas Passendes. Direkt menschlich fühlten sich die Untoten. Doch waren sie ja schließlich menschlich. Oder nicht? Zumindest sahen sie aus wie Menschen – wie Lebbies.

Die Vorauskundschaftler hatten doppeltes Glück mit diesem Kleidercontainer. Zum einen war ein Sack mit Übergrößen dabei. Der konnte vielleicht auf Anhieb Franz Josef Strauß passen. Und in einem Sack fanden sie eine Kleiderbürste, die wohl versehentlich dort hineingeraten war. Die konnten sie gut gebrauchen, denn Ein- und Ausstieg aus dem Grab würden Spuren an der Kleidung hinterlassen. Einen Schrank hatten sie ja nicht.

»Wir können doch einen reinätzen in die Wände«, schlug Gleubert vor. »Ach lassen wir das«, entgegnete Walter. »Lieber nicht zu gemütlich einrichten da unten. Sonst habe ich vielleicht überhaupt keine Lust mehr, nach oben zu kommen.« Er merkte, dass sein Humor trotz der denkwürdigen Beobachtungen nicht verschwunden war.

Walter und Gleubert packten die nicht gebrauchte Kleidung in die Säcke zurück und warfen sie wieder in den Container. Die Tür klemmten sie zu, so gut es ging. Dann packte jeder ein Bündel Kleider, die eigene behielten sie gleich an. Sie verabschiedeten sich, und jeder machte sich auf dem Weg zu seinem Grab.

Walter warf sein Bündel in die Kuppel, setzte sich an den Rand der Öffnung, ließ seine Beine hineingleiten, tastete mit den Zehen nach den Stufen, stützte sich dort ab und stieg vorsichtig in seine Gruft. Von unten fummelte er den Deckel wieder über sich. Selbst das herausgebrochene Stück von der Kuppel wurde durch die Bodendecker perfekt verdeckt.

Sodann legte sich Walter auf den Boden. Das war doch etwas angenehmer, mit Hemd, Jacke und Hose. Schuhe, ja Schuhe hatten sie auch gefunden, Schuhe und Socken zog er aus und koppelte sich an seinen MA. Bevor der Kontakt mit den Tausenden von Fäden wiederhergestellt war, spürte er Schmerzen am linken Arm. Er tastete dorthin, und seine Finger glitten in einen breiten Riss. Walter tastet in die Tiefe und gelangte bis an den Knochen.

Jetzt erst erinnerte sich Walter, dass der Stiel der Schaufel gegen seinen Arm geknallt war, als Gleubert damit herumgehebelt und die Tür plötzlich nachgegeben hatte. In diesem Moment hatte er keinen Schmerz gespürt, und es hatte auch nicht geblutet.

Gut, mit den Schmerzen, das kannte er. Wenn er im Stress war, dann hatte er schon früher so manchen Schmerz nicht gespürt, erst nachher, wenn die Aufregung sich gelegt hatte. Doch dieser kleine Ruck, der dürfte doch nicht seine ganze Haut aufreißen. War das das gleiche Phänomen, wegen dem der Hund sein Bein verloren hatte?

Dessen Stumpf hatte geblutet, das konnte Walter sehen, als das Tier an ihm vorbeihumpelte. Bei sich selbst fühlte er kein Blut. Wie war das möglich?

Kontakt zum Entwicklerteam war schnell hergestellt. Walter und Gleubert berichteten von ihrem Erlebnis. Eindeutig hatten sie einen Zombiehund und wahrscheinlich auch einen Zombietiger entdeckt. Der Hund regenerierte auf einem MA sein verlorenes Bein in kürzester Zeit, und Walters Wunde war schnell verschlossen, nachdem er seine Füße auf das Myzel gepresst hatte. Das fehlende Blut irritierte ihn noch immer.

Gleubert als Mediziner sah eine Erklärung. Die Verletzung war nur eine Prellung. Die Blutung im Gewebe hatte nach wenigen Minuten aufgehört. Durch die weiteren Bewegungen und Anstrengungen aber ist das brüchige Gewebe wohl ganz aufgerissen. Ihm kam der Verdacht, dass das neue Bindewebe nicht an die Qualität des Ursprungs herankam.

Doch jetzt gab es ganz andere Probleme. Gleubert stellte seine Zweitentdeckungstheorie vor. Zweifel gab es von Rapoport. Die Myzelien der anderen Gruppe hätten doch entdeckt werden müssen. Es hätte quasi eine Konkurrenz um die Leichen geben müssen. Nein, das sei ihm alles nicht nachvollziehbar. Er hielt eher eine Abspaltung aus der Gemeinschaft für wahrscheinlich.

»Mir ist ja schon vor einigen Monaten merkwürdig vorgekommen«, erinnerte sich Gleubert jetzt, »dass ich keinen Kontakt mehr bekam zu einigen Leuten. Besonders hat mich gewundert, dass Bruno Bauermann verschollen ist. Der hat doch vehement die Auffassung vertreten, dass man die Lebbies umbringen soll.«

Daran erinnerten sich die anderen jetzt auch. Wieso aber war Bauermann untergetaucht? Oder besser gefragt, wenn er es war, wie konnte er seine Aktionen unbemerkt durchführen?

»Verschlüsselung«, meldete sich Fabian Krempl, ein ehemaliges Mitglied des Chaos Computer Clubs. Ihm war bereits seit Wochen ein unklares Rauschen in den Nervenfasern und Aluleitungen aufgefallen, das ihm merkwürdig schien. Jetzt, wo der Verdacht ausgesprochen war, dass sich eine Gruppe abgesondert haben könnte, hielt er es für denkbar, dass diese ihre Kommunikation verschlüsselte.

Das Entwicklerteam informierte die U-Regierung. Diese erteilte Krempl den Auftrag, eine Entschlüsselung zu versuchen. Sie fand unter den Pilzköpfen sogar weiter IT-Fachleute.

In einer Woche hatten sie den Code geknackt. Die Polizei ermittelte. Es stellte sich heraus, dass Bauermann wirklich der Initiator der Übergriffe war. Planung und Ausführung hatten längst andere Leute übernommen. Alte Militärs hatten sich die Leitung zu eigen gemacht. Die Killer bauten ihr eigenes Entwickler-Team auf, das extrem erfolgreich war. Computer-Spezialisten entwickelten die Verschlüsselung. Die Abtrünnigen konnten sich verständigen, die Lafazzos merkten nichts davon, während sie selbst alles mitbekamen, was diese vorhatten.

Lafazzos, so nannten die Killer spöttisch die Gemäßigten. Das war die Abkürzung für Lang-Fackler-Zombies. Sie selbst nannten sich die Nifazzos, die Nicht-lang-fackel-Zombies.

Nun, da der Code geknackt war, wurden die Nifazzos zur Rede gestellt. Sie hatten kein Unrechtbewusstsein. Im Gegenteil, sie warfen den Lafazzos vor, sie würden eine Entwicklung blockieren, die den Fortschritt der Menschheit bedeutete. Durch immer neue Lebbies würde der Lebensraum für alle immer kleiner. Es sei ja jetzt schon fraglich, ob die Erde ausreiche, alle, ja alle je gelebten Menschen zu verkraften. Wenn da alle 70 bis 80 Jahre sieben Milliarden neu hinzukämen, dann könne das auf gar keinen Fall gelingen.

Vorwürfe hagelte es in beide Richtungen. Der Untote Europäische Gerichtshof verurteilte die Nifazzos zur Unterlassung ihrer Aktivitäten. Diese erkannten das Gericht nicht an und arbeiteten an einer neuen Verschlüsselung. Die Lafazzos im Gegenzug mussten jetzt ihre eigene Kommunikation ebenfalls verschlüsseln. Vorher gab es keinen Grund dazu. Das aber hatte den Nifazzos Kenntnis gegeben, was sie vorhatten – und hatte sie angespornt, bis zu deren Graböffnung möglichst viele Lebbies zu sich zu holen.

Äußerst geschickt waren die Nifazzos. Nicht nur, dass sie im Verborgenen geplant hatten. Sie hatten es durch ihre IT-Fachleute auch geschafft, die Infos aus den Maugen und Mohren wegzufiltern und den Lafazzos vorzuenthalten. Sonst hätten sie deren Angriffe, Überfälle und Massaker ja sofort entdeckt. Und sie hatten es geschafft, die Gräber der Ermordeten von den Lafazzos fernzuhalten. So konnten sie die Erweckten fast ausnahmslos zu Mitstreitern gewinnen. Sie hatten ein ganzes Psychologenteam zusammengestellt, das die Neuen mit einer Art Hirnwäsche von ihren Zielen überzeugte.

Nun begann der Kampf der Untoten. Ein Wettstreit von Verschlüsseln und Codeknacken lief ab. Die Polizei versuchte, die Strafen der U-Gerichte umzusetzen und den Nifazzos die Energie für die Myzelien zu kappen. Das gleichen taten die Nifazzos, die damit versuchten, die Lafazzos, diese Weicheier, auszuschalten. Wenn sie gesiegt hatten, konnten sie sie ja immer noch einmal aktivieren. Denn dann würden sie ja keine Gefahr mehr darstellen.

Die Lafazzos lehnten den Begriff, der für sie erdacht war, am Anfang ab. Bald nannten sie sich aber selber so.

Diese Kämpfe wurden auf beiden Seiten verbissen durchgeführt. Die Lafazzos waren in deutlicher Übermacht. Aber die Nifazzos waren gerissener, aggressiver und skrupelloser. Trotzdem konnten die Lafazzos keine neuen Aktivitäten ihrer Widersacher ausmachen.

Gewinner der unterirdischen Kämpfe waren die Lebbies. Monatelang kam es zu keinen Übergriffen der muslimischen Klone mehr. Die Angst legte sich, die Vorsicht nicht. Polizei und Geheimdienst arbeiteten unermüdlich, die Anführer der Übergriffe zu finden – und ihre Klon-Labors.

* * *

Auch Gleubert ruhte nicht. Er zweifelte an der Ruhe, die zwischen La- und Nifazzos eingekehrt war. Die Situation kam ihm eher vor wie bei Raubkatzen in der Balz, die sich umschleichen und nur auf den geeigneten Moment zum Angriff auf den Rivalen lauern.

Es wäre nicht schlecht, einen Plan B zu haben. Der Doc besprach sich mit dem Prof. Und der, wie gewohnt mit seiner Kalliope.

»Ihr habt die Phosphatreihen erhalten«, meinte Margot, »könnt ihr sie nicht auch wieder zerstören?«

Zerstören, das musste machbar sein. Die Phosphatreihen waren anfällig. Geschützt unter der Erde waren sie stabil. Sie waren abgeschirmt von Licht und Strahlung. Oberirdisch, als Verbindung zu den Maugen und Mohren waren sie mit organischem Material überzogen. Elektromagnetische Wellen, die waren vielleicht eine Lösung. Doch wie sollte man die Phosphatreihen der Nifazzos erkennen?

Walter wusste, das konnte er nicht alleine bewältigen. Er diskutierte die Idee mit Gleubert, und der zog die Physiker unter den Pilzköpfen hinzu. Auch Krempl wurde eingeweiht. Der hatte dafür zu sorgen, dass nicht die geringste Information an die Nifazzos gelangen konnte.

Otto Haxel, Fachmann für Atomaufbau hatte die entscheidende Idee. Er errechnete eine Frequenz, die man über die Alufasern des Kommunikationsnetzes schicken konnte. Sie setzten die Phosphatisotopen derart in Schwingungen, dass sie buchstäblich aus der Reihe tanzten. Nach kurzer Zeit waren die Phosphatreihen aufgelöst mit der Folge, dass auch die übergeordneten Strukturen zusammenbrachen. Er nannte sie die Z-Wellen. Ihre Wirkung verspürte er beim Experimentieren am eigenen Leib. Ein chemisch-biologischer Generator erzeugte sie in einem extra dazu fertiggestellten Synthese-Labor. Haxel hatte noch gar nicht damit gerechnet, dass sie schon wirken konnten, als er unvorsichtigerweise mit einem Alustrang in Berührung kam, der die Testwellen ausstrahlte. Den hatte er sich in seine Grabhöhle verlegt, um einige Versuche damit durchzuführen. Es war ein eigenes Myzelgeflecht, das er abseits des MA münden ließ. Er tastete nach, ob das Ende schon an der Erdoberfläche angekommen war.

»Autsch!«, schrie er auf. Instinktiv zog er seine Finger zurück. Sie waren wie verbrannt, bildeten Blasen, und es dauerte gut zwei Wochen, bis sie wieder verheilt waren.

* * *

Obwohl wochenlang keine neuen Angriffe erfolgt waren, verschanzten sich die Lebbies weiterhin. Sie verriegelten jeden Abend Türen und Fenster und verstärkten sie mit Platten. Die Regierung hatte verkündet, die Dschihad-Klone würden aller Wahrscheinlichkeit nach nur nachts angreifen. Die Haut ließe Kontakt mit dem Sonnenlicht nicht zu.

Eine starke Truppe Nifazzos hatte es geschafft, sich der Kontrolle der Lafazzo-Gremien zu entziehen. Auch ihre Maugen-Überwachung funktionierte wieder. Sie wussten, dass Patrouillen von Polizei, Armee und Technischem Hilfswerk die Dörfer kontrollierten. Großstädte wurden wesentlich weniger überwacht.

Die Angriffe galten diesmal Vororten von Großstädten – Berlin, Hamburg, Hannover, Dortmund, Köln, Frankfurt am Main, Stuttgart und München.

In Berlin konzentrierten sich die Kräfte auf Kladow, Lübars, Buch, Schmöckwitz und Mariendorf. Die Toten aus den umliegenden Friedhöfen entkletterten ihren Gräbern. In Mariendorf z. B. waren es der Heidefriedhof, der Evangelische Christus-Friedhof, der Friedhof Mariendorf-Ost, der Friedhof zum Heiligen Kreuz, der Friedhof St. Matthias, der Friedhof Alt-Mariendorf II und der Dreifaltigkeitsfriedhof III. Von dieser zuletzt genannten letzten Ruhestätte stammte Ulrike Meinhof, die schon vom Untergrund aus bei den Nifazzos in eine Führungsposition aufgestiegen war. Die Kultur der Nifazzos passte hervorragend zu Ulrikes Verständnis einer gleichberechtigten Gesellschaft, in der Scheffeln von Reichtum und Aufbau von Machtstrukturen gar nicht erst vorkamen. Eine Zivilisation ohne Establishment, die passte zu ihren Vorstellungen. Sie bedauerte, dass ihre alten Mitstreiter noch nicht reaktiviert waren. Doch das war nur eine Frage der Zeit, dann würde sich die Schlagkraft der Nifazzos verstärken.

Frau Meinhof kam aber auch alleine zurecht. Sie war strategisch geschult, arbeitete Aktionspläne aus. Dazu gehörte, sich zunächst mit Kettensägen einzudecken.

Sammelstelle waren also mehrere Baumärkte: Hornbach in der Gradestraße und Großbeerenstraße, Bauhaus Tempelhofer Weg und Alboinstraße sowie B1 in der Gradestraße. Die Eingänge aufzubrechen war ein Kinderspiel. Es gab einige Elektriker unter den Zombies. Die kappten zunächst die Stromzufuhr zu den gesamten Gebäudekomplexen, sodass keine Warnanlagen ansprangen. 52 Kettensägen erbeuteten die Zombies insgesamt, elektrische wie benzinbetriebene. Deshalb verschwanden auch Stromaggregate und Benzinkanister aus der KFZ-Abteilung. Mit denen machte sich ein Trupp auf zur Esso-Station Mariendorfer Damm. Ein gut gekleideter Herr mit einem Rentner-Trolley erbat sich Zugang in den Verkaufsraum, weil er zwei Kästen Bier kaufen wollte. Die könnte er doch viel besser gleich auf seiner Karre verstauen als wenn sie durch das Nachtdienst-Fensterchen gereicht würden.

Kaum dass der arglose Kassierer den Eingang aufgeschlossen hatte, zerrissen Haifischzähne seinen Hals. Er war so schnell erlöst vom Lebbie-Leben, dass er nicht zu einem Notruf kam. Der Gutgekleidete drang in den Verkaufsraum ein, marschierte hinter die Theke und schaltete die Überwachungskameras ab. Dann gab er ein Zeichen nach draußen. Als die Nifazzos in der Umgebung das sahen, kamen sie mit ihren Kanistern angelaufen und füllten sie mit Sprit. Keiner allerdings machte sich die Mühe, zu bezahlen.

Als die Kanister gefüllt waren, begannen die Nifazzos ihr Zerstörungswerk. Entweder füllten sie die Motor-Kettensägen mit Benzin oder sie betrieben die elektrischen mit den Stromaggregaten.

Die Gruppe um Frau Meinhof begann im Brussaer Weg. Ulrike hatte sich dieses Sträßchen ausgesucht, weil hier eine Grabschänderin wohnte, die sie des Öfteren mit den Maugen beobachtet hatte.

Niemand klingelte. Der Trupp setzte die Kettensägen an und zerschnitt Barrikaden und Haustüren. War der Eingang geöffnet, drangen auch diesmal mindestens zehn Zombies in die Häuser und Wohnungen und verrichteten ihr grausiges Werk. Es kam zu Kämpfen. Die Lebbies waren diesmal durch die Dorf-Massaker vorgewarnt. Sie begriffen schnell, dass es ein ähnlicher Überfall war, wehrten sich, und viele tätigten Notrufe. Doch wohin sollten die Beamten fahren, wenn diese tausendfach eingingen?

Einige Türen waren mit Blech- oder gar Stahlplatten gesichert. Die Nifazzos schlugen mit Pickeln und Vorschlaghämmern wild darauf ein. Gaben sie nach einigen Minuten nicht nach, dann zogen die unmenschlichen Bestien weiter. Auf ein paar Opfer mehr oder weniger kam es ihnen nicht an. Glück gehabt – diesmal.

Die Lebbies wehrten sich so gut sie konnten. Der eine oder andere hatte eine Pistole oder ein Gewehr und schossen wild um sich. Doch so schnell konnte er nicht nachladen, wie Nifazzos nachströmten. Irgendwann packte die Masse den Schützen und machte ihm den Garaus.

Meinhof hatte an vieles gedacht. Autos knacken war einmal die Spezialität ihrer Bande. Jetzt musste sie gar nicht aufbrechen. Waren die Bewohner ins Übergangsstadium befördert, brauchte man sich nur die Autoschlüssel, die leicht zu finden waren, nehmen. Diese Fahrzeuge fungierten ab sofort als Rettungsdienst.

Die Angeschossen schleppten sich auf die Straße oder wurden von ihren Kollegen dorthin getragen. Der Not-Zombie holte sie ab und fuhr sie zum nächsten MA in den Mariendorfer Pfuhlen oder im Stadtpark. Die Verletzten waren schnell wieder regeneriert.

Die Waffen wechselten die Besitzer, und bald waren die Nifazzos nicht mehr nur auf ihre Haifischzähne angewiesen.

Die Auskundschafter hatten bemerkt, dass am Hochhaus Britzer- Ecke Rixdorfer Straße die Eingänge mit Stahlplatten verstärkt waren. Da es sich hier zu lohnen schien, schleppten die Nifazzos ein Pressluft-Aggregat von einer Baustelle heran. Damit stemmten sie die ganzen Türrahmen weg und konnten mühelos eindringen. Sie machten reiche Beute. Einige der Lebbies sprangen von den Balkonen, überlebten dies aber nicht. Von den höheren Stockwerken war der Sturz selbst schon tödlich. Einige, die vom ersten oder zweiten gesprungen waren, regten sich noch. Doch bald waren Zombies zur Stelle, die das Werk vollendeten.

Polizisten von den Polizeikasernen Gallwitzallee und Columbiadamm rückten aus. Die Einsatzleitung hatte beschlossen, mit einem Riesenaufgebot punktuell einzugreifen, damit die Verluste wenigstens etwas reduziert wurden. Auch die Bundeswehr sollte eingreifen, aber deren Mobilisierung dauerte zu lange.

Doch auch darauf waren die Zombies vorbereitet. Einmal gab es einen Überwachungstrupp, der weiter die Maugen auswertete. Der konnte sagen, wohin die Polizei fuhr. Das klappte selbst in der Dunkelheit, zumal die Wannen auf Blaulicht nicht verzichteten. Meinhof hatte ihre Anführer bereits vorher mit Prepaid-Handys versorgt. Damit wurden die Nifazzos gewarnt, in deren Gegend das Polizeiaufgebot anrückte.

Parallel dazu verfolgte Meinhof eine zweite Strategie: Eine Nifazzo-Kompanie beobachtete von Beginn der Aktion an die Kasernen. Nachdem keine Fahrzeuge mehr herausfuhren, griffen sie an. Dieser Übermacht konnten die verbliebenen Beamten keine ausreichende Gegenwehr entgegensetzen. Sie wurden blutreich aus diesem Leben verabschiedet. Die Nifazzos öffneten mit den erbeuteten Schlüsseln die Waffenarsenale und deckten sich mit allem ein, was sie vorfanden.

* * *

Noch vor dem Morgengrauen war der Spuk vorbei, das Entsetzen war riesig. Von den Lafazzos keine Spur mehr. Die Fleißarbeit der Kriminalisten begann.

Einige Bewohner aus den angegriffenen Häusern hatten überlebt. Sie konnten sich entweder gut verstecken oder durch einen

Hinterausgang fliehen und den Zombie-Häschern entkommen, die auch an den meisten Häuserrückseiten lauerten.

Eine Frau aus dem Brussaer Weg schwor Stein und Bein, sie habe Ulrike Meinhof erkannt. Der aufnehmende Beamte wollte die Aussage als unglaubwürdig abtun. Sein Kollege Karl-Heinz Holzhausen allerdings bekam sie zufällig mit und war sofort hellhörig. Er hatte einen Freund in Frankfurt am Main, Harald Fiedler hieß der. Harald war nach dem Überfall der Islamisten auf Oberstedten vom Dienst suspendiert worden, weil er Fingerabdrücke eines Toten entdeckt haben wollte und eine Exhumierung beantragt hatte. Bei dieser Vielzahl an Tatorten war es unmöglich, überall Fingerabdrücke zu nehmen. Doch für das Haus im Brussaer Weg veranlasste Holzhausen die Untersuchung.

Er war nicht einmal sonderlich verwundert, dass sich einige der gefundenen Abdrücke eindeutig und zweifelsfrei Ulrike Meinhof zuordnen ließen.

Holzhausen wandte sich mit einem Dringlichkeitsgesuch direkt an die Bundesstaatsanwaltschaft. Er schilderte seine Feststellungen und verwies auch gleich auf den damaligen Fund seines Freundes in Oberstedten.

Der ranghöchste Beamte ordnete Nachprüfungen durch drei unabhängig voneinander arbeitende Kollegen an. Alle kamen zum gleichen Ergebnis: Es konnte nur so sein, dass Ulrike Meinhof wieder aktiv war. Ihr Selbstmord durch Erhängen, das Zergliedern ihres Gehirns und sein jahrelanges Einlegen in Formalin, selbst die nachträgliche Einäscherung hatten die Menschheit nicht vor ihrem erneuten Terrorakt schützen können. Und dieses neuerliche, verheerende Gemetzel hatte ein Vielfaches an Opfern sämtlicher RAF-Attentate zur Folge.

Einige kleine Erfolgsmeldungen gab es nach den Übergriffen dennoch. Einige Lafazzos waren getötet worden. Das bewies, dass diese Zombies nicht unsterblich waren. Und man hatte Gelegenheit, sie zu obduzieren. Neben der identischen DNA fanden die Untersucher Haizähne und Katzenaugen. Das schien ein typisches Merkmal dieser Monster zu sein.

Nach zwei Tagen war die Exhumierung Ulrike Meinhoffs vom zuständigen Richter genehmigt, die Ferdinand Lanz' in Bad Homburg ebenso. Harald Fiedler wurde gleichzeitig rehabilitiert. Er war sofort Mitarbeiter der eingerichteten Sonderkommission und bei der Exhumierungsaktion anwesend. Staatsanwalt Schlepp und der Polizeipsychiater Dr. Locke wurden ihrerseits wurden suspendiert. Nach Meinhofs Graböffnung sollten beide zur Verantwortung gezogen werden, weil sie für die Verzögerung höchst wichtigster Kenntnisse verantwortlich waren. Schlepp musste sich den Vorwurf gefallen lassen, dass doch eine Graböffnung eine derart geringfüge Entscheidung gewesen sei, die ihm niemand zum Vorwurf hätte machen können, selbst wenn Fiedler sich geirrt hätte. Dr. Locke warf man vor, mit vorgefestigtem Bild Fiedler gegenüber getreten zu sein und mit seiner psychiatrischen Diagnostik vollkommen versagt zu haben. An ihm hätte es gelegen, Lanz von der Glaubwürdigkeit und psychischen Stabilität Fiedlers zu überzeugen.

Auf dem Dreifaltigkeitsfriedhofs III in der Eisenacher Straße in Berlin-Mariendorf versammelte sich ein Trupp hochkarätiger Kriminologen auf dem Feld A-12-19. Friedhofsgärtner Günther Leps nahm die Platte des Urnengrabes ab und setzte sein Spaten an. Tief kam er nicht. Das Blatt drang nicht einmal zur Hälfte ein, da stieß es gegen etwas Hartes. Der Gärtner versuchte es nebenan, es hätte ja sein können, dass nur ein Stein das Vordringen verhinderte. Doch an mehreren Stellen passierte das gleiche. Schließlich schaufelt Leps die dünne Erdschicht einfach weg. Den verblüfften Beobachtern zeigte sich bald eine harte, flache Kuppel. Wenn der Spaten darüber kratzte, klang es nach Beton. Leps klopfte mit dem Blatt darauf. Die Umstehenden hörten ein Klacken mit einem Hall, so als sei ein Hohlraum darunter. Mit dem Spaten konnte der Friedhofsarbeiter nicht mehr viel ausrichten.

Prantl, der anwesende Richter fragte den Friedhofsverwalter, ob es einen Bickel gebe. Diese bejahte, und Prantl ordnete an, dass der Gärtner es mit einem Bickel versuchen sollte.

Das Werkzeug wurde beschafft, der Gärtner holte aus – und stieß ein Loch in die harte Schicht. Er wackelte am Griff, ein Riss entstand in der Kuppel, und kurz darauf platzte ein Stück heraus und fiel in die Tiefe. In dem Schwarzen Loch konnte niemand etwas erkennen. Doch hörten die Umstehenden, dass der Brocken kurz darauf auf dem Boden aufschlug.

Ein Polizist leuchtete mit seiner Taschenlampe in die Tiefe. Knapp zwei Meter unter ihm war der Boden, auf dem das herausgeschlagene Stück zersplittert war. Seitlich sah er ein breiteres Loch in der Art eines Kanalzugangs.

Richter und Staatsanwalt blickten ebenfalls in die Höhle und verständigten sich kurz. Dann sollte der Gärtner das Loch vergrößern. Der klopft den Rand stückweise weg, bis eine Öffnung von einem halben Meter Durchmesser entstanden war. Wieder leuchtete der Polizist hinein. Eine Urne sah er nicht, dazu war das Loch auch viel zu tief. Auf dem Boden waren die herausgeschlagenen Brocken verteilt. Und in drei Richtungen gingen Gänge ab.

Der Polizist schilderte das, Richter und Staatsanwalt bestätigten es. Auch all die übrigen Anwesenden überzeugten sich von diesen Gängen. Richter und Polizeipräsident besprachen das weitere Vorgehen. Diese Gänge, die mussten selbstredend untersucht werden.

Hauptkommissar Gabler forderte Verstärkung an, er bestellte eine ganze Hundertschaft. Er musste äußerste Vorsicht walten lassen nach dem Terroranschlag vor drei Tagen. Noch mehr Männer wollte er nicht verlieren. Keiner konnte wissen, was einen dort unten erwartete. Es war wie in einem Gruselfilm, hier aber bittere Realität. Gänge in einem Friedhof.

Zwölf Männer sollten einsteigen. Gabler fragte jeden einzelnen, ob er bereit sei für die Aufgabe. Nur Freiwillige sollten sich beteiligen, weil der Einsatz lebensgefährlich werden konnte. Keiner der Männer drückte sich. Alle übrigen mussten sich bereithalten.

Auf Anweisung hatte der Gärtner das Loch noch etwas erweitert. Eine Leiter passte hinein. Otto Lueger stieg als erster ein. Drei Kollegen hielten ihre Pistolen im Anschlag und beobachten die drei Gänge. Lueger kam unbehelligt unten an, hielt Taschenlampe und Pistole in die gleiche Richtung und leuchtete in alle drei Gänge. Er sah in einiger Entfernung jeweils eine Verbreiterung, von der weitere Gänge abgingen. Die Gänge waren hoch genug, dass er mit gebeugtem Kopf hindurchgehen konnte.

Prantl fragte, ob die Wände stabil genug waren. Lueger klopfte dagegen und stellte fest, dass sie sich wie Beton anfühlten, genau wie die durchgeschlagene Decke. Gabler gab den Befehl zum Eindringen. Lueger sollte allerdings auf den Kollegen warten, der jetzt hinunterstieg. Hintereinander drangen sie zur nächsten Öffnung vor. Hier fanden sie eine ähnliche Kuppel vor wie die, durch die sie eingestiegen waren. Sonst nichts. Der Hauptkommissar hatte bereits die beiden nächsten Polizistenpaare in die beiden anderen Gänge geschickt. Auch sie fanden eine neue Kuppel, ganz ähnlich der ersten. Lueger fragte über Funk nach, ob er weitergehen solle. Gabler bejahte.

»Ich bin hier jetzt in einer Kammer, die ist größer«, meldete sich Lueger. »Hier könnte jemand liegen, Platz genug ist da.« Nach einer Pause ergänzte er: »Hier liegen auch Steinchen herum. Sie scheinen aus der Decke gebrochen. Oben ist ein Riss in der Decke. Fast kreisrund. Wie ein Deckel, den man abheben kann.« Weiter schilderte er, dass es ein paar Stufen gab. Es sah wirklich alles so aus, als sei dieser Deckel für den Ausstieg vorgesehen. Sein Kollege bestätigte das alles. Er entdeckte sogar Fußabdrücke.

Darauf aufmerksam gemacht, sahen die anderen Kollegen in ihren Gängen jetzt ebenfalls Fußabdrücke. Daraufhin beorderte Gabler seine Leute zurück. Das sei jetzt erst einmal etwas für die kriminaltechnische Untersuchung.

Die KTU fand weitere Abdrücke, doch gestaltete sich die Untersuchung schwierig. Die Gänge waren eng, die Spuren der Polizisten hatten die ursprünglichen teilweise schon zerstört. Einerseits sollten die Techniker also als erste in die Gänge gehen, andererseits sollten die Polizisten sie schützen.

Die Wände und Decken waren hart. Immer wieder gab es deckelartige Öffnungen, darunter oft ein paar Stufen. Hier fanden sich die meisten Abdrücke. Aber auch in dem weicheren Boden waren sie eingedrückt, teils mit Schuhen, teils barfuß. Rudolf Akermann, dem leitenden Kriminaltechniker fiel eine Besonderheit auf. Er unterschied schmale und längliche Grabkammern. Die schmalen, aufgebaut wie ein kleiner Turm von innen, die fanden sich jeweils unter den Urnengräbern. Die länglichen passten zu den Gräbern mit Erdbestattung. Es kam ihm so vor, als seien die Kuppeln bewusst gebaut worden, um der Leiche Platz zu schaffen. Eigentlich eine wunderschöne Architektur, diese Kuppeln und Pfeiler. Akermann konnte, wenn von den Beamten noch nicht alles zertrampelt war, Kopf- und Fußende unterscheiden.

Gelegentlich fand Akermann einige Haare am Kopfende. Die sammelte er ein. Am Fußende entdeckte er eine weiche Masse, nachgiebiger und weicher als die Erde, die sie umgab. Ein bisschen erinnerte ihn der Tasteindruck an einen Schwamm, ein fester Schwamm. Oder eher an Styropor, ja, das kam dem Gefühl am nächsten. Hier waren immer wieder auch Abdrücke von Fußsohlen zu sehen. Immer von barfußen Füßen, nie von Schuhen. Von diesen Stellen musste Akermann unbedingt Proben entnehmen. Doch ließ er sich Zeit. Er musste sich sein konkretes Vorgehen überlegen. Sollte er nur Stücke herausschneiden? Er entschied sich dagegen. Lieber wollte er die ganze Platte in einem Stück bergen, vom Rand her abpräparieren. Er hatte keine Vorstellung, wie weit das Gebilde in die Tiefe gehen konnte.

Es dauerte Tage, bis die Abdrücke alle genommen waren. Nein, längst nicht alle waren genommen, denn das Labyrinth der Gänge schien unermesslich. Der gesamte Friedhof war anscheinend untertunnelt.

Es kam ein Bericht aus Frankfurt/Main – der Friedhof mit Lanz' Grab hatte ein ganz ähnliches Höhlensystem. An beiden Stellen wurden die Untersuchungen vorangetrieben. Alle gefundenen Deckel wurden angehoben. Fast jedes dritte Grab war mit dem Tunnelsystem verbunden, die meisten unterirdischen Kuppeln hatten Ausstiege, die Urnengräber aber nicht.

Kapazitäten aus ganz Deutschland rätselten über die Bedeutung. Lueger bekam von Gabler den Auftrag, die letzten noch nicht katalogisierten Gänge aufzusuchen. Es war die nordwestliche Ecke.

Lueger kroch mit seinem Kollegen den Gang entlang. Plötzlich weitete sich der Raum, aber nicht zu einer Kuppel, wie er sie schon kannte, nein, es war ein richtiger Saal. Ein gutes Dutzend

Gänge ging in alle Richtungen ab, einige mit Sicherheit zum benachbarten Heilig-Kreuz-Kirchhof. Hunderte von Spuren durchquerten diesen Raum. Der Kollege war jetzt bei Lueger. Über Funk gaben sie ihre Entdeckung durch. Gabler schickte die KTU und weitere zehn Beamte dorthin.

Kaum dass sie alle in der niedrigen Halle waren, und die Gänge ausleuchten wollten, da knallte es aus mehreren dieser schwärzen Löcher. Mündungsfeuer war zu sehen, einige Beamte sackten getroffen und stöhnend zusammen.

Weiter knatterten verschiedene Waffen. Die Beamten versuchten, in den Gang, aus dem sie gekommen waren, zu fliehen. Doch auch aus der Richtung, in der sie jetzt Schutz suchten, kamen Schüsse.

Keiner der Beamten überlebte.

Gabler konnte es kaum fassen. Aber er musste es fassen – und er musste handeln.

Unter besonderen Vorkehrungen ließ er die Kollegen bergen, oder er wollte es. Er hoffte, noch einige Überlebende zu finden. Doch er fand niemanden. Auch die Leichen waren beseitigt.

Dort unten, in den Gräbern und Gängen, da herrschte Leben, da waren sich alle einig. Doch was war mit den übrigen Gräbern, die nicht mit den Gängen verbunden waren?

Gabler stellte den Antrag, dass auch dort eine Graböffnung vorgenommen werden sollte. Richter Prantl tat sich etwas schwer. Was gab es für eine Handhabe, ein nicht verdächtiges Grab aufs Geradewohl öffnen zu lassen. Doch er dachte an den Staatsanwalt Schlepp und sein peinliches Versagen. Er konstruierte eine Gefahr im Verzug und genehmigte die Maßnahme. Per Zufall wählte er irgendein Grab auf dem Dreifaltigkeitsfriedhof aus.

Und wurde fündig.

Ähnlich wie beim ersten Grab, wieder war es Günther Leps, dem die Aufgabe übertragen wurde, fand sich eine betonharte Kuppel unter der dünnen Erdschicht. Diesmal musste sie nicht aufgepickelt werden, denn ein Deckelrand zeichnet sich ab. Leps musste zurücktreten. Zwei Polizisten stocherten am Rand mit Messern in den runden Schlitz hinein, bis sie mit dem Klingen den Rand des Deckels leicht anheben konnten. Vier Kollegen standen neben ihnen und zielten mit ihren Pistolen und Taschenlampen auf den Deckel. Die beiden nickten sich kurz zu, hoben den Deckel ruckartig hoch und legten ihn an die Seite.

Die Taschenlampen, die jetzt in die Tiefe drangen, beleuchteten eine nackte Leiche, die dort unten lag. Als wäre sie durch das plötzliche Licht wieder zum Leben erwacht, richtete sie sich auf und streckte die Arme hoch. Ein Schuss krachte in die Tiefe, drei weitere folgten. Die Gestalt sackte in sich zusammen und regte sich nicht mehr.

Die Beamten leuchteten die Grabkammer aus. Tatsächlich, keine Verbindung zu irgendeinem Gang. Auch diesmal wurde Verstärkung geholt und unter allen erdenklichen Vorsichtsmaßnahmen der tote Körper geborgen.

Laut Grabstein und Friedhofsverzeichnis war das Paul Schneider, gestorben vor 5 Jahren. In der Rechtsmedizin fiel seine bleiche Haut auf. Die DNA war identisch mit all den bisher gefundenen Terroristen und ihren Körperteilen. Sein Bindegewebe war schwach. An den Füßen wies er merkwürdige Strukturen auf, die die Mediziner sich nicht erklären konnten. Dieser Paul Schneider hatte keine Haifischzähne und keine Katzenaugen.

Schneiders Witwe lebte noch. Sie wurde zur Identifizierung einbestellt. Eindeutig erkannte sie ihren Gatten und war entsetzt. So wie sie ihn zuletzt gesehen hatte, so sah er noch immer aus. Nur blasser.

»War der auch ein Zombie?«, fragte sie Kommissar Gabler.

»Wie, was ist mit Zombie?«, war dessen Gegenfrage.

»Nun, es steht doch schon in den Zeitungen«, erklärte Frau Schneider. »Das sind doch keine Islamisten, sondern Untote. Die Terroristen.«

Gabler war entsetzt. Die Presse wusste schon wieder alles, während sie noch auf der Suche waren.

Tatsächlich klappte es nicht gut mit der Geheimhaltung. Schneiders Entdeckung war bald allgemein bekannt. Das Wort von den Zombies macht die Runde – und mobilisierte die verängstige Bevölkerung.

Die Leute waren ungehalten, dass ein ignoranter Staatsanwalt die Abwehrmaßnahmen um Wochen verzögert hatte. Vielleicht wäre es zu den Massakern in den Vororten gar nicht erst gekommen, wenn man das verdächtige Grab gleich geöffnet und die Zombies vernichtet hätte.

Schon in der nächsten Nacht machten sich Bürgerwehren ans Werk. In Stadt und Land rissen sie Gräber auf und fanden unter jeder einzelnen Begräbnisstätte eine Höhle. Auf jedem Friedhof entdeckten sie Tunnelsysteme und Einzel-Grabkuppeln.

* * *

Dietmar Stooß lag in seiner Gruft, die Füße noch an den MA gekoppelt. Der Schnellste war er noch nie. Er hatte oben schon eine Runde gedreht, die Bewegung, Atmen, den Luftzug gespürt und genossen. Mit Kleidung hatte er sich noch nicht eingedeckt. Wieso sollte er sich auch beeilen? Die Pilzköpfe würden die Rückkehr in die Zivilisation schon deichseln. Wer weiß, was dann auf ihn zukäme. Also erst noch den Frieden genießen.

Doch Frieden? Nein, der Frieden war vorbei. Das Myzel hatte ihm mitgeteilt, dass die Nifazzos einen zweiten Großangriff gegen die Lebbies durchgeführt hatten. Diese Schweine. Kämpften gegen ihre eigenen Angehörigen, nahmen den Tod von Frauen und Kindern in Kauf. Gut, sie würden ja wiederbelebt werden. Aber stand es diesen Extremisten wirklich zu, zu entscheiden, wer wann stirbt? Und dann noch mit dem Ziel, alle Lebbies so schnell wie möglich in Untoten umzuwandeln?

Stooß war vollkommen dagegen und gab U-Kanzler Schulz und dem Entwickler-Team recht. Nun kam der Aufruf, schnellstmöglich aus dem Grab auszusteigen und sich auf einem Hügel in der Nähe mit anderen Lafazzos zu treffen. Stooß wollte sich gerade aufmachen, da wurde sein Grabdeckel hochgerissen. Kurz darauf klatschte ein Eimer Flüssigkeit auf ihn nieder. Benzin, roch Stooß. Ein brennender Papierknäuel flog hinterher, und in Sekundenschnelle steckte Stooß in einem flammenden Inferno.

Die Haut brannte wie verrückt. Stoß schrie aus Leibeskräften wegen dieser wahnsinnigen Schmerzen. Er sprang die Stufen hoch, wollte sich am Rand aus dem Grab ziehen. Da traf ihn ein Baseballschläger mitten auf den Kopf. Schlaff fiel Stooß ins brennende Grab zurück.

»Jetzt sterbe ich zum zweiten Mal«, dachte er noch. Und dieser Tod war schlimmer als der Lungenkrebs. Einen kleinen Hoffnungsschimmer hatte er: »Die Pilzköpfe werden mich zurückholen.«

* * *

Hier wurde nicht lange gefackelt. Nifebbies könnten sich diese Leute bezeichnen. Sie kippten Benzin in die Grabkammern und die Gänge und zündeten es an. Unter einigen Kuppeln fand die Meute Leichen. Rücksichtslos gossen die Leute das Benzin über sie und warfen brennende Streichhölzer oder Papierstreifen hinterher. Sobald er Untote versuchte, mit grausigem Geschrei aus dem Grab zu steigen, wurde er vom Mob zusammengeknüppelt und fiel in seine Grabkammer zurück. Meist aber war die Höhle leer. Doch immer wurde sie ausgeräuchert. Man wollte den Zombies die Rückkehr verbauen, wo immer sie sich auch aufhielten. Doch war das nicht ganz logisch. Viel wusste man ja noch nicht von den Untoten. Wieso hätten sie sich nicht auch in einer Höhle wohl fühlen können, die ein wenig erhitzt worden war. Mit den Aktionen entlud sich eher die unbändige Wut auf diese Kreaturen.

Die Nachricht von diesen Selbsthilfeaktionen verbreitete sich schnell. Immer mehr Leute machten eifrig mit – bis sämtliche Benzinvorräte vergossen und verbrannt waren. Hier störte es niemanden, dass ein Teil des Kraftstoffs 10 % Äthanol enthielt. Auch Diesel wurde verbrannt, das zündete nur schlechter. Dazu musste immer Heu, Stroh oder Papier mit in die Kammer gegeben werden. Genauso war es mit Heizöl.

Die Regierung sah sich zum Handeln genötigt. Sie verurteilte zwar die spontanen Aktionen, begriff aber, dass sie mit Verboten gegen den Volkszorn nichts ausrichten konnte. Schnell ging sie dazu über, der Bevölkerung zu versprechen, dass in einer Sofortaktion alle Gräber besprengt werden sollten, die ausgebrannten wie die noch nicht ausgebrannten. Die Masse war damit mehr als zufrieden. In gesprengte Grabkammern konnten sich Zombies auf keinen Fall mehr zurückziehen – falls es noch welche gab und wo immer sie auch sein mochten.

Rudolf Akermann legte Widerspruch ein bei seinen Vorgesetzten. Er schaffte es, sogar bis ins Justizministerium zum zuständigen Staatssekretär vorzudringen. Er bat händeringend, die Sprengungen ein, zwei Tage zu verschieben, weil er in den Höhlen auffällige Strukturen entdeckt hätte.

Der Staatssekretär versprach, sein Möglichstes zu tun. Das hatte offensichtlich nicht gereicht – oder er hatte mit seiner Zusage Akermann nur abgewimmelt? So jedenfalls kam es nicht zur Entdeckung der Myzelien. Was hätte Akermann mit dieser Mixtur aus mikroskopisch kleinen Kanälchen, Nervengewebe und Alufasern anzufangen gewusst?

Die Sprengungen begannen. In den nächsten Tagen gab es auf jedem Friedhof Detonationen über Detonationen. Trotz der Versicherung, auch die bereits ausgeflämmten Grabkammern nachzusprengen, konzentrierte sich Polizei, Militär, Feuerwehr und THW zunächst auf die noch unversehrten Gräber. Denn die Sprengmittel würden vermutlich nicht reichen.

So war es auch. Die Vorräte an Dynamit, Nitroglycerin, Glykoldinitrat, TNT, Nitropenta und vielen anderen reichten nicht aus für die Friedhofslandschaft in ganz Deutschland. Aus dem Ausland gab es keinen Ersatz, weil ganz Europa Gräber öffnete und aussprengte. Die Nachbarstaaten waren entsetzt, dass auch bei ihnen diese Grabkammern auf dem Friedhöfen entstanden waren.

Die USA lieferte nach einigen Tagen große Mengen an Dynamit. Viele stichprobenartige Graböffnungen dort hatten ergeben, dass dort offensichtlich noch keine Zombie-Geburt stattgefunden hatte.

Die Bundeswehr sprengte die Restgräber. Sie hatte anscheinend Erfolg. Es erfolgten weder neue Terrorangriff noch kamen Zombie-Tiere wieder.

Die Wissenschaftler arbeiteten in Hochtouren daran, das Rätsel um die Zombies zu lösen. Leider wurden ihnen durch die Sprengungen die besten Quellen zerstört. Doch war ihnen die neue Sicherheit lieber als vielleicht selbst den Nifazzos zum Opfer zu fallen.

* * *

Aufregung in Lafazzo-Kreisen. Die Fachleute zerbrachen sich ihre Pilzköpfe, wie das geschehen konnte. Wieder so ein grausamer Übergriff der Nifazzos. Sinn- und zwecklos, doch aus deren Sicht unumgänglich.

Die Datenschützer prüften die Verschlüsselungssysteme. Ja, die Nifazzos hatten ein neues System entwickelt. Sie hatten heimlich ihre Vorbereitungen treffen können. Der Überfall war aus deren Blickwinkel wieder ein voller Erfolg. Gut eine Million Lebbies hatten die Nifazzos dahingerafft. Achtzig solcher Aktionen, und Deutschland wäre ausgerottet.

Soweit durfte es nicht kommen.

Die Nifazzos hatten sich mit ihrem Angriff aber geoutet. Die Lebbies wussten jetzt von ihrer Existenz. Die Lafazzos konnten mit Maugen und Mohren verfolgen, wie sie regierten. Und sie kauften sich mittlerweile einfach Zeitungen.

Ja, in gewisser Weise hatten sich die Lafazzos bereits unter die Lebbies gemischt. Ein paar Vorkehrungen sollten vor der Kontaktaufnahme durchgeführt werden. Alle Lafazzos mussten, wollten sie demnächst an der Oberfläche erscheinen, gekleidet sein. Die Kleiderspenden-Container waren bald geplündert. Es reichte nicht. Außerdem waren Sonnenschutz- und Bräunungsmittel dringend nötig. Einbrüche in Kleiderläden oder Drogerien, das kam für die Lafazzos nicht in Frage. Sie wollten sich mit den Nifazzos nicht auf eine Stufe stellen. Also kaufen. Aber womit. Banküberfälle schieden für sie genauso aus wie Kosmetik-Diebstahl.

Wieder einmal kam ein glücklicher Umstand den Lafazzos zugute. Sie hatten ja einen Bankräuber unter ihren Erweckten. Es war Ali Ibrahim, der 1995 mit zehn Mitstreitern zusammen die Commerzbank in Berlin-Zehlendorf überfallen hatte. Die Täter waren durch ein selbstgebautes Tunnelsystem geflüchtet und hatten 17 Millionen DM erbeutet. Nur fünf davon konnte die Polizei sicherstellen. Er selbst war auch verhaftet worden, sogar zweimal. Einmal in seinem Heimatland Libanon. Dort musste er drei Jahre absitzen. Anschließend war er in Schweden untergetaucht und hatte als Robi sogar eine Familie gegründet.

Da mit dem Libanon keine entsprechende Vereinbarung besteht, wurde er 2008 an Deutschland ausgeliefert und nochmals zu fünf Jahren Haft verurteilt. Erschwerend wurde ihm vorgehalten, dass er über den Verbleib der Beute nichts bekannt gab.

Dabei war er es, der das Geld verwaltete. Einen Teil hatte er an die entkommenen Bandenmitglieder oder denen, die ihre Strafe abgesessen hatten, ausgezahlt. Erfreulicherweise wollen nie alle ihren gesamten Anteil sofort haben. Sie hielten das Geld in Alis Händen für sicher. Das war es auch, er konnte gut damit umgehen. Natürlich war die Summe durch die Auszahlungen, das Waschen und den Wechsel in Euro deutlich geschrumpft. Aber drei Millionen hatte er immer noch in einem soliden Versteck.

Ali hatte die Haft nicht überlebt. Bereitwillig stellte er den Lafazzos die Summe komplett zur Verfügung. Was sollten die Scheine auch im Waldboden verrotten?

Die Lafazzos gingen shoppen. Bräunungsmittel und Sonnenschutz in riesigen Mengen. Dazu kauften sie die Gebrauchtkleiderläden leer und stürzten sich auf jedes Angebot an BilligTShirts und anderen Sonderangeboten. Sie kauften sogar einige Gebrauchtwagen und fuhren ohne Versicherung durch Deutschland, um die Waren zu verteilen. Diese kleine Ungesetzmäßigkeit, die gestanden sie sich zu.

Durch den zweiten Überfall der Nifazzos wurde plötzlich alles anders. Keine ruhige Planung war mehr möglich. Als die Lebbies begannen – wer konnte es ihnen verdenken – die Grabkammern zu sprengen, rief die U-Regierung die Lafazzos auf, die Gräber sofort zu verlassen und sich an bestimmten Sammelpunkten zu treffen. Für viele allerdings kam der Aufruf zu spät. Noch dazu wurden ein Teil der Kleidung und der Kosmetika vernichtet, weil die Lafazzos sie meist mit in ihre Grabkammern genommen hatten und in der Hektik nicht mit zu den Treffpunkten brachten.

Es begann ein ermüdendes Versteckspiel. Weiter konnten die Lafazzos mit den Maugen beobachten, wo die Lebbies nach ihnen suchten und entsprechend ausweichen. Denn sie rechneten nicht damit, dass sie von ihnen freundlich aufgenommen würden, wenn sie sich nach den Attentaten jetzt bei ihnen meldeten.

Und die Lafazzos hatten einen zweiten Feind: die Nifazzos nämlich. Die machten sofort Jagd auf den friedlichen Teil der Untoten.

Nichtsdestoweniger aber waren die Lafazzos immer noch in großer Übermacht. Das U-Gericht beschloss Strafmaßnahmen gegen die Nifazzos. Waffengewalt wurde abgelehnt, aus mehreren Gründen. Die Lafazzos hatten bisher keine Waffen. Sie hätten sich mit Sicherheit welche besorgen können. Doch war es zu einen fraglich, ob sie gegen die Nifazzos mit ihrer Brutalität angekommen wären. Zum anderen hätten die Lafazzos durch die Schießerei ihren Standpunkt verraten.

Kämpfe Mann gegen Mann, die waren zum Scheitern verurteilt. Gegen die Haifischzähne der Nifazzos hatten sie keine Chance.

Das U-Gericht entschloss sich zur Austrocknung. Es vertraute auf die Pilzköpfe, die kurz davor waren, die Myzelien zu differenzieren und gezielt die Hyphen der Nifazzos mit den Z-Wellen zu attackieren.

Haxel hatte, zusammen mit einigen weiteren Physikern wenige Tage später die Lösung. Sie konnten die Z-Wellen über die Alu-Fäden gezielt zu den Hyphen der Nifazzos schicken. Dort deaktivierten sie die Isotopenanordnung in deren Phosphatreihen. Die Nifazzos waren selbst schuld daran, dass ihre Hyphen erkannt wurden. Die Z-Wellen waren nämlich genau auf deren Verschlüsselung abgestellt, so dass die Feinde sie quasi auf sich selbst zogen.

Unmittelbar nachdem die letzte Schwäche der Z-Wellen ausgemerzt war, wurde der Beschuss vollstreckt. Er glich einem Todesurteil. Für die betroffenen Nifazzos gab es keine Rettung. Waren ihre Myzelien von den Wellen erfasst, konnten die Feinde diese nicht mehr berühren. Wenn doch bekamen sie heftige Verbrennungen. Damit war es ihnen nicht mehr möglich, Energie aus den Myzelien aufzunehmen. Zuerst begann ihr Bindegewebe, sich unter höllischen Schmerzen aufzulösen. Körperteile fielen bei lebendigem Leib von ihnen ab, Fleischbrocken lösten sich.

Es machte sich Panik unter den Nifazzos breit. Fluchen und Zetern half nicht. Unzählige dieser üblen Untoten liefen bald zu den Lafazzos über. Diese gewährten ihnen Asyl, blieben ob deren Gesinnung aber skeptisch. Alle mussten sie sich auf jeden Fall ihre Haifischzähne abschleifen lassen.

Doch nicht alle Nifazzos zeterten oder fluchten. Viel zu schnell erkannten ihre Wissenschaftler die Struktur der Wellen, die sie zerstörten. So schnell konnten sie keine Neutralisation aufbauen. Aber sie schafften es, die Wellen modifiziert zu spiegeln.

Diese reflektierten Todesstrahlen erfassten nun die Lafazzos. Nach und nach zermatschten viele von ihnen an ihrem eigenen Kampfmittel.

Die U-Regierung stoppte sofort das Vernichtungsprogramm gegen die Nifazzos. Es stand zu fürchten, dass diese gleichartige Wellen erzeugen würden, um die Lafazzos auszulöschen. Das war eigentlich sonnenklar und nur eine Frage der Zeit, bis es ihnen gelingen würde.

In dieser prekären Situation entschloss sich U-Kanzler Schulz zur Kontaktaufnahme mit den Lebbies. Gleichzeitig wies er die Pilzköpfe an, Vorkehrungen gegen die zu erwartenden Killerwellen der Nifazzos zu entwickeln.

* * *

Albert Kuntze, der Pförtner im Bundeskanzleramt staunte nicht schlecht, als er Adenauer auf dem Monitor erkannte. »Ich bin Konrad Adenauer«, sagte der tatsächlich, »ich möchte die Kanzlerin sprechen.«

Kuntze zögerte. ›Adenauer muss ich doch wohl hereinlassen‹, dachte er wie selbstverständlich. Doch der Altkanzler war seit Jahrzehnten tot. Es stimmte hier etwas nicht, obwohl die Stimme der glich, die er von historischen Aufnahmen her kannte.

»Nehmen Sie bitte Platz«, ließ sich Kuntze durchs Mikro vernehmen. »Ich bestelle den Begleitdienst.« Etwas Besseres fiel ihm nicht ein. Dann rief er die Polizei.

Nach wenigen Minuten war sie da, mit zwei Kollegen. Die beobachteten durch die Kamera den angeblichen Adenauer. Der eine ältere Polizist, Peter Hamm, vergrößerte den Gesichtsausschnitt und sagte voller Überzeugung: »Das ist ein Zombie. Seht euch seine Haut an. Die ist geschminkt. Am Hals hat er die Schminke vergessen. Da ist so ein heller Streifen. Einfach eklig.« Er sprach voller Überzeugung. Wie sonst sollte Adenauer auch hier erscheinen? Und verlangte keck Zugang ins Bundeskanzleramt. Der sollte ihn kennenlernen.

Hamm winkte den jüngeren Polizisten zur Tür an der Schleuse. Er gab ihm mit gezückter Dienstwaffe ein Zeichen. Dann riss er die Tür auf und schoss sofort los, unterstützt von dem Kollegen. Beide ballerten ihre Magazine leer. Adenauer sank in sich zusammen. Die Polizisten gingen vorsichtig in den Raum. Wie um sich zu überzeugen, dass er recht hatte, öffnete Hamm der Kreatur den Mund. Keine Haizähne. Adenauer öffnete noch einmal kurz die Augen – keine Katzenaugen. Dann sah er Hamm ins Gesicht und sagte: »Dämlich. So dämlich bist du«

Hamm war entsetzt. Hatte er hier einen harmlosen Adenauer-Darsteller erschossen. Das war kein Zombie. Und es gab nun einmal Menschen, auch lebende, die von Natur aus extrem blass waren.

Zusammengekauert saß Hamm im Büro seines Vorgesetzten. Der versuchte sogar, ihn zu trösten. Alle seien doch übernervös in diesen Zeiten. Er hätte vielleicht genau so gehandelt. Sei jüngerer Kollege verteidigte ihn im Verhör. Durch den weißen Streifen hatte auch er angenommen, dass das dort in der Schleuse ein Untoter sei.

Die Untersuchungen an Adenauer begannen. Die Schüsse hatte er nicht überleben können. Seine Herkunft blieb unklar. Schauspieleragenturen wurden nach Adenauer-Imitatoren befragt. Keine hatte ihn im Angebot.

Dann die Überraschung: Adenauer war ein Untoter. Die DNA ergab das ganz eindeutig. Aber war es der echte Adenauer? Bevor man sich nicht sicher war, sollte die Kanzlerin nicht informiert werden. Doch sie bekam Wind davon. Sie verlangte, ihn zu sehen und wurde in die Rechtsmedizin geführt.

Adenauer wurde aus der Kühleinheit herausgezogen. Fasziniert stand die Kanzlerin vor ihm, vor ihrem Vorgänger. Die Gefühle mischten sich in ihr. Dieser große Mann, so er es denn war, ein Zombie! Was hatte er gewollt? Er schien nicht auf Beute aus, er war anders als die Nifazzos. Das zeigten sein Gebiss und die Augen. Gab es verschiedene Gruppen von Untoten. Beinahe war sie davon überzeugt.

Sie gab die Order heraus, falls ein Adenauer nochmals erschiene, dann sollte man ihn festsetzen, aber keineswegs umbringen. Ihre Anordnung löste Verwunderung aus. Adenauer bzw. sein Wiedergänger, der war doch tot, das hatte sie selbst gesehen. Doch diese Frau war klug. »Wer sagt denn, dass er nur einmal wiederkommen kann?«, hielt sie den Kritikern entgegen.

Gut dass Deutschland eine funktionierende Bürokratie hat. In den Archiven lagerten noch Adenauers Fingerabdrücke. Sie waren identisch mit denen des Untoten. Beziehungsweise des jetzt doch wieder Toten.

»Zombies auf dem Weg zum Bundeskanzleramt« stand am nächsten Tag in der Zeitung. Dass hier aber auch nichts mehr geheim bleiben konnte. Drängelnde Fragen von Journalisten und Reportern. Eine Pressekonferenz wurde nötig. In ihr wurde aber mehr verschleiert als aufgeklärt. Die Fachleute beriefen sich auf laufende Untersuchungen und Ermittlungen.

Selbstverständlich erfuhr die U-Regierung von dem Vorfall. Nicht nur dass die Strategie gescheitert war, viele Lafazzos trauerten aufrichtig um ihren Gefährten Adenauer. Die ihn näher kannten sprachen von einem feinen Menschen. Er hätte das Zeug gehabt, bei der nächsten Wahl U-Kanzler Schulz abzulösen.

Der grübelte derweil am weiteren Vorgehen. Strauß zum Bundeskanzleramt schicken, war das sinnvoll? Würde es dem nicht genauso ergehen. Viele Lafazzos waren bereits gefallen. Wer weiß, wie lange ein Angriff der Nifazzos auf sich warten lassen mochte und wie erfolgreich der werden würde. Es musste etwas passieren, aber Opfer mussten vermieden werden. Schulz berief eine Krisensitzung ein.

* * *

Frau Bundeskanzlerin ließ sich von ihrem Fahrer nach Hause bringen. Ein harter Tag war das heute wieder, sie war rechtschaffen müde. Zwei Bodyguards lieferten sie an der Haustür ab und gingen erst, nachdem sie die Riegel der gesicherten Tür klacken gehört hatten.

Die Kanzlerin begrüßte ihren Mann in seinem Arbeitszimmer, goss sich ein Glas Pinot Noir ein und ging in ihr Wohnzimmer. Sie ließ den Blick in den Garten streifen, die Sonne war bereits verschwunden, es dämmerte ein rötliches Licht. Dann gewahrte sie eine Bewegung. Winken mit einem weißen Tuch wie eine Parlamentärflagge. Der da winkte, das war Theodor Heuss. Adenauer, jetzt Heuss. Der kam näher ans Fenster heran. Er zeigte seine Zähne, ein ganz normales Gebiss, wendete die Taschen um, um zu zeigen, dass er keine Waffe bei sich hatte. Katzenaugen konnte die Kanzlerin auch nicht entdecken.

Kurz schoss es der Kanzlerin durch den Kopf, ob sie den Sicherheitsdienst holen sollte. Doch ihr Gefühl sagte ihr, dass sie von diesem untoten Heuß nichts zu fürchten hatte. Sie ging zur Schiebetür, legte den Hebel um und schob das schwere Sicherheitsglas zur Seite.

»Vielen Dank, Frau Kanzlerin, dass sie mich herein gelassen haben«, begann der erste Bundespräsident. »Mein Name ist Theodor Heuß. Nicht der, der 1963 gestorben ist, sondern der, der aus seinen Überresten wiederhergestellt wurde.«

»Kennen Sie mich denn?«, fragte die Kanzlerin. In seinem Todesjahr war sie gerade mal neun Jahre alt. Sein Konterfei kannte sie nur aus den Geschichtsbüchern.

»Sicher«, antwortete Heuss, »unsere Maugen und Mohren sind ja fast überall.«

»Wie bitte?« Heuss holte tief aus, doch bevor er anfing, die Mäuse-Augen und -ohren zu erklären fragte die Kanzlerin: »Mögen sie ein Glas Wein?«, als sie registrierte, dass der Gast unversorgt geblieben war.

»Gerne«, stimmte Heuss zu. Die Kanzlerin holte zwei weitere Weingläser und rief ihrem Gatten zu, er solle doch runterkommen, sie hätten einen Gast.

Ihr Mann staunte nicht schlecht, als er Theodor Heuss erkannte. Er war bei dessen Tod immerhin schon vierzehn Jahre alt und konnte sich noch an Fernsehübertragungen mit dem ersten Bundespräsidenten erinnern. Zunächst war er sehr verunsichert und war schon fast im Begriff, den Wachschutz zu rufen. Doch seine Frau gebot ihm Einhalt.

Heuss hatte die Ruhe weg. Die brisanten Themen, die er vorzutragen hatte, brachte er klar und deutlich, in logischem Aufbau zur Sprache. Ein Mann, der es gewohnt war, Reden zu halten. Ein Staatsmann durch und durch. In den Pausen genoss er seinen Rotwein. Doch die Kanzlerin stand ihm in nichts nach. Der Einzige, der etwas nervös wirkte, jedenfalls am Anfang, das war ihr Mann.

Heuss berichtete von der Geburt der Zombies. Einer Art Selbstgeburt durch den Chemiker Walter, in Gang gesetzt durch den Mediziner Ralf Gleubert. Er schilderte den Aufbau der Myzelien, die Eroberung der umliegenden Gräber und den Wiederaufbau der Gewebestrukturen in den Leichen. Nicht schlecht staunte die Kanzlerin, als sie auch von der Rekonstruktion der Verstorben selbst bei Urnenbestattung hörte, und nicht weniger verwundert war sie über das Wiederherstellen von vollkommen verwesten Körpern, wie es auch bei Heuss der Fall war.

Doch dieser alte Präsident, das war der lebende Beweis, dass Gleuberts und Walters Theorien funktionierten.

Dann kam Heuss zu der Abspaltung der Nifazzos, die das lange Zeit verheimlichen konnten. Er schilderte, wie entsetzt die

Lafazzos waren, als sie von deren Überfällen Kenntnis erhielten und welche Auseinandersetzungen daraufhin unterirdisch getobt hatten.

Die Lafazzos waren naiv genug, zu glauben, sie hätten die Nifazzos im Griff – bis diese vor Kurzem neuerlich zugeschlagen hatte.

»Die Nifazzos haben das erklärte Ziel, die Lebbies auszulöschen«, beendete Heuss die Schilderung der Ereignisse. Eine kurze Zusammenfassung war es eigentlich nur.

»Wer sind denn die Lebbies?« Kaum dass sie die Frage gestellt hatte, wusste die Kanzlerin auch schon die Antwort. »Ach so, das sind wohl wir alle. Die Lebenden«, ergänzte sie.

Heuss nickte nur und fuhr gleichzeitig fort: »Und es besteht die Möglichkeit, dass sie auch die Lafazzos auslöschen. Es wird vielleicht nicht mehr lange dauern, dann haben sie Europa in einen Kontinent der Untoten verwandelt. Nach Asien ist es nicht weit, und unsere Myzelien stehen kurz vor Amerika. Es steht außer Frage, dass die Nifazzos diese Erdteile auch erobern wollen. Als letztes wird Australien dran glauben müssen, aber es wird sich nicht retten können«, schloss Heuss.

Es entstand eine Pause des Nachdenkens.

»Wie ich sie kenne, sind sie sicher nicht gekommen, um mir den Weltuntergang zu verkünden«, griff der Kanzlergatte das Gespräch wieder auf. »Jedenfalls glaube ich, Sie so zu kennen.«

Bevor Heuss antwortete, nippte er an dem Pinot Noir, sichtlich zufrieden damit. Er schaute zum Gatten, dann zur Kanzlerin.

»Wir merken, dass wir alleine nicht weiterkommen«, hub er an. »Die Nifazzos sind clever, gerissen, aggressiv und skrupellos. Es steht zu fürchten, dass wir ihnen unterliegen – und Sie als Lebbies sowieso.« Dann erläuterte Heuss seinen Plan, den Plan der U-Regierung.

Er bot eine Zusammenarbeit an. Die U-Polizei konnte die Standorte der Nifazzos bekannt geben. Soweit funktionierten die Myzelien der Lafazzos noch und ihre Maugen. Dann sollten die Lebbies mit den Nifazzos machen, was sie wollten – sie töten oder gefangen nehmen. Das blieb der Ethik der Lebbies überlassen. Allzu zimperlich musste man mit ihnen nicht umgehen, denn sie hatten ja den Untergang der menschlichen Rasse beschlossen – wenn sie sich selbst auch für die Vollendung davon hielten.

Die Kanzlerin versprach, dass sie dafür sorgen wollte, dass auf die Vorschläge Heuss' eingegangen wird. Ihr Plan war: Einen Krisenstab einzuberufen. Der sollte im Geheimen tagen. Heuss selbst sollte nochmals das vortragen, was er ihr heute gesagt hatte. Sie sähe im Moment keine Alternative zu Heuss' Vorschlägen, wollte aber noch eine Nacht darüber schlafen. Und er sollte den Lafazzos berichten, dass sie zur Zusammenarbeit bereit sei.

Heuss schlug nun vor, weitere belebte Ex-Politiker mitzubringen. Er erklärte, dass Willi Brandt, Franz Josef Strauß, Herbert Wehner, Ludwig Erhard und Gustav Heinemann bereits aktiviert seien. Sie seien Männer mit Erfahrung und guten Ideen. Das könnte die Arbeit des Krisenstabs gewaltig beschleunigen.

Als Heuss gehen wollte, entschuldigte sich die Kanzlerin ausdrücklich am Mord Adenauers. Den bedauerte sie aus tiefstem Herzen. Heuss tröstete sie jedoch.

»Sie brauchen nur seine Bestattung anzuordnen. Die Friedhöfe sind ja alle gesprengt. Deshalb wird es am besten im Wald sein. An einer Stelle mit besonders dichten Myzelien. Ich werde mit der U-Regierung sprechen und Ihnen die genaue Stelle angeben. Dann haben Sie innerhalb einer Woche Ihren Adenauer zurück, die Lafazzo-Ausgabe davon, zumindest.« Das versprach die Kanzlerin zu tun. Doch sie ließ Heuss noch immer nicht gehen.

Sie rief in der Bereitschaft des Bundeskanzleramtes an und bestellte einige Fachleute zu sich. Die waren bald zur Stelle. Sie fotografierten Heuss, nicht wenig verwundert, druckten das Bild aus und erstellten einen provisorischen Ausweis. Er bekam das persönliche Dienstsiegel der Kanzlerin. Das sollte verhindern, dass es Heuss so ähnlich erging wie dem armen Adenauer.

Die Beamten mussten weiterhin provisorische, aber gültige Ausweise für Brandt, Strauß, Wehner, Erhard und Heinemann ausstellen – vorerst ohne Passbild. Die würden morgen eingearbeitet.

Dann bestellte die Kanzlerin ihren Fahrer und bestand darauf, dass Heuss sich bis zum Rand des Waldes bringen lassen sollte, in dem er seine Mitstreiter traf.

* * *

Hochrangige Politiker trafen sich im kleinen Kabinettsaal. Niemand wusste, um was es ging, die Kanzlerin hatte geladen, aber keine Tagesordnung ausgegeben.

Ungläubiges Erstaunen ergriff die Minister und Abgeordneten, als die Delegation der Untoten in den Saal einmarschierte: Theodor Heuss vorweg, gefolgt von Franz Josef Strauß, Ludwig Erhard, Gustav Heinemann, Herbert Wehner und Willi Brandt.

Nachdem das Raunen sich gelegt hatte, berichtete die Kanzlerin von ihrem Erlebnis am Vortag, stellte die Altherren überflüssigerweise vor und erteilte ihnen das Wort.

Nach und nach berichteten die wiederbelebten Politiker den Lebbie-Politikern das gleiche, was die Kanzlerin bereits am Vortag erfahren hatte. Das dauerte an die zwei Stunden. Dann teilte man sich auf in kleinere Arbeitsgruppen, die das Ausschalten der Nifazzos konkret planen sollten. Auf jeden Fall musste absolutes Stillschweigen herrschen. Die Nifazzos durften nichts, aber auch gar nichts von dem Bündnis zwischen Bundesregierung und den Lafazzos ahnen.

Willy Brandt bat den Vizekanzler, seinen Parteigenossen, sozusagen, zu einem Gespräch unter vier Augen. Am besten wäre es im Freien, Brandt schlug einen Spaziergang durch den Tiergaren vor. Der willigte ein. Nach zwei Stunden kam Brandt alleine zurück. Sein neuer Ausweis bescherte ihm ungehinderten Zutritt ins Bundeskanzleramt. Er erklärte, der Vizekanzler wollte sich ein eigenes Bild vom Wirken der Lafazzos machen. Der sei doch ein echter Sozialdemokrat, der alle Dinge von ihrem Grunde her kennen wollte. Er habe ihn zurückgeschickt, weil er meinte, die Gespräche mit hohen Lafazzo-Vertretern, die zögen sich bestimmt hin. Man solle mit drei Tagen rechnen.

Bereits nach zwei Tagen schon kam der Vizekanzler zurück. Er ordnete an, dass im Keller des Reichstagsgebäudes an der Außenmauer eine Öffnung herausgeschlagen werden sollte. Begründung: Hier sollte nach Absprache mit den Lafazzos ein Fluchttunnel entstehen, falls Unvorhergesehenes einträte. Die Bauarbeiten begannen unverzüglich.

Als das Loch in die Mauer gestemmt war, wurde der Vizekanzler benachrichtigt. Er ordnete an, einen fünf Meter langen und zwei Meter breiten Gang in die gute Berliner Erde zu buddeln und diesen fachgerecht abzustützen. Dann sollten sich die Arbeiter wieder melden. Das war am übernächsten Tag der Fall. Brandt und der Vizekanzler betraten den Kellerraum und schlossen hinter sich ab. Die fünf Arbeiter sollen vor ihnen in den Tunnel gehen und vorführen, was sie geschaffen hatten.

Ganz eng war es nicht in diesem Tunnel, aber auch nicht weit. Nicht viel Platz zum Drehen und zum Wenden. Und man rechnet ja auch nicht mit Schüssen. Es krachte fünfmal, fünf Arbeiter sanken auf den Boden. Vize- und Exkanzler steckten ihre Walther P99Q in die Taschen, richteten ihre Opfer in einer Reihe aus und verließen den Tunnel. Die beiden schlossen den Kellerraum auf und hinter sich wieder ab. Dann bestellten sie zwei Wachleute, die den Eingang bewachen sollten, bis sie zurückkämen. Es dürfe niemand hinein und niemand heraus.

Nachdem die halbe Stunde um war, kamen Vizekanzler und Brandt wieder zurück. Sie schlossen auf und ließen die Wachen in den Keller eintreten.

»Seht euch an, ob der Tunnel was taugt«, forderten sie die beiden auf.

Vor dem Tunnel standen die fünf Arbeiter und machten Platz, als die Wachen sich der Öffnung näherten. Als sie sich vorbeuten, schlossen sich um den Hals der beiden kräftige Arbeiterhände und drückten zu, bis das Zappeln nachließ. Dann legten sie die frischen Leichen in den Tunnel.

Vizekanzler und Brandt gingen auf die Arbeiter zu. Sie grinsten sich gegenseitig an. Es klappte.

Nun waren sie sieben Nifazzos, denen man diese Eigenschaft nicht ansah. Nach 30 Minuten waren sie bereits zu Neunt. Denn die Wachmänner gehörten auch zu ihnen. Der Tunnel war ein Turbo-Myzel, das die Verwandlung in dieser Zeit schaffte.

Neun Leute mordeten, was das Zeug hielt. Immer wenn sie

einen Minister, Abgeordneten, einen Sekretär und wen auch immer alleine antrafen, dann war er des Todes. Am Anfang war es noch etwas schwierig, die Leichen unbemerkt in den Myzelkeller zu schaffen. Doch nach und nach wurde die ganze Regierung, wurde das ganze Personal ausgetauscht. Und da die Untoten nach der halben Stunde wieder erschienen und sich wie zuvor scheinbar an ihre Arbeit machten, wurde es immer leichter, den Rest zu vernichten. Die richtige Nifazzo-Ideologie bekamen die Neuen im Turbokeller gleich mitgeliefert. Sie arbeiteten hochmotiviert mit an dem Plan, in absehbarer Zeit die Weltherrschaft zu übernehmen.

Ein großer Plan, viel besser als die Überfälle, die Straßenkämpfe, die großen Massaker. Botox sollte dabei helfen.

* * *

Als Professor Wolfgang Walter nach Hause kam, um alles gutzumachen, was er angerichtet hatte, konnte sie sich Ingeborg Fricke nicht freuen. Im Gegenteil, sie war fast gelähmt vor Angst.

»Hau ab«, rief sie ihrem Vater zu. Dabei wusste sie, dass das nichts nutzte. Zu heftig waren die Kreaturen gegen die Menschen vorgegangen und hatten Vertrauen missbraucht. Die Starre hielt nur kurz an, sie wich Lebenswillen und Wut. Sie schnappte sich ein Küchenmesser und hatte vor, sich bis zur letzten Sekunde zu verteidigen. Denn auch das Messer konnte es nur kurz verzögern, ihr Ende aber nicht verhindern.

Als Papa Ingeborg »Mein Schnuckelchen« nannte, ließ sie das Messer fallen, brach in Tränen aus und sank auf den Boden.

Walter ging zu ihr, setzte sich auf den Fußboden neben sie und schlang seinen Arm um sie. »Ich tue dir nichts, keine Angst!«, sagte er beschwörend. Immer wieder wiederholte er: »Keine Angst, keine Angst. Vor mir brauchst du keine Angst zu haben.«

Das wirkte. Ingeborg schaute auf, sah ihrem Vater ins Gesicht. Vertraut sah er aus. Genau so, wie er sie verlassen hatte. Warm lag die Hand auf ihrer Schulter. Sie löste sich ein wenig, so dass sie selbst beide Arme um seinen Hals legen konnte. Sie drückte ihn fest an sich, und Walter lief das Herz über vor Freude, dass er sein Frickelchen noch einmal in den Armen hatte.

Langsam richteten sie sich auf. Ingeborg führte ihren Vater zum Sofa und setzte sich zu ihm. Sie sprach kein Wort, und Walter ließ ihr Zeit. Sie saßen nebeneinander, Ingeborg spürte den Vater an ihrer Seite, und er die Tochter an seiner.

Minuten vergingen, bis Ingeborg seine Hand nahm, sich zu ihm umdrehte und sagte:

»Ich glaube, Papa, du hast mir viel zu erzählen.«

»Das habe ich«, bestätigte ihr Vater und begann.

Er erzählte seiner Tochter, wie er im Grab langsam zu sich gekommen war, wie erstaunt und erfreut er war, dass er nicht tot war. Dass er weder sehen noch hören konnte, das hatte ihn nicht gestört. Es war ihm vorgekommen, als hätte er im Glück gebadet.

Nach und nach kamen seine Gedanken wieder, alle Gedanken.

»Ich konnte mich wirklich an alles erinnern«, erklärte er seiner Ingeborg. »An alles, aber auch an alles. Ich konnte mich an meine Demenz erinnern, an die unsinnigen Fragen, die ihr mir alle gestellt habt und die ich nicht beantworten konnte.«

Walter schilderte, dass er sich sogar ab einem bestimmten Zeitpunkt im Leib seiner Mutter erinnern konnte. An seine Geburt, genau wie an seinen Tod. Der Zustand vor der Geburt und nach den Tod war fast gleich: Nichts sehen, aber hören und fühlen. Nur verstand er vor der Geburt nicht, was gesprochen wurde, denn die Sprache hatte er noch nicht gelernt.

»Und wieso warst du denn nicht tot? Du bist doch gestorben, ich war doch dabei.«

»Es war schön, dass du da warst. Es hat so unendlich gut getan, deine Hand zu halten. Das habe ich gespürt, trotz der Demenz. Wer du warst, das wusste ich freilich nicht.«

Walter bestätigte seiner Tochter, dass er richtig gestorben und nicht nur scheintot war. Er erzählte ihr von seiner Beerdigung, von der Grabrede und wie sehr er sich darüber geärgert hatte, dass Wolter die hielt.

»Tut mir Leid«, entschuldigte Ingeborg sich bei ihrem Vater.

»Das muss es nicht«, wehrte der ab. Ich habe ja immer versucht, meinen Groll gegen den zu verbergen.«

Dann berichtete Walter, was er von Gleuberts Experimenten mitbekommen hatte. Von den Phosphatreihen und dem Natriumsilikat, das sie stabilisieren sollte, vom Marcumar und der Herzmassage. Vom phosphoreszierenden Licht, das danach in seinem Rachen erschien. Und dass Gleubert gesagt hatte, er würde noch fünfzehn Monate weiter existieren.

»Hast du keine Angst bekommen, was dann sein wird, wenn die um sind?«

»Nein, ich war unendlich dankbar. Die Jahre in der Demenz, die waren eine Tortur. Am Anfang das Schlimmste, was mir passieren konnte. Ich war deprimiert, dass ich alles vergaß. Es war mir peinlich, dass ich euch eure Fragen nicht beantworten konnte. Später war mir das alles egal. Aber es war immer ein Gefühl in mir, als wäre ich verloren. Und dieses volle Jahr und noch ein viertel, Monate im Wohlbefinden, die sah ich als Entschädigung an. Dankbar hätte ich mein Ende angenommen. Aber es kam ja ganz anders.«

Dann erzählte Walter seiner staunenden Tochter, wie er seinen eigenen Phosphatkreislauf kennen gelernt hatte. Wie er sich zeitlich wieder orientieren konnte. Wie er merkte, dass er mit seiner Vorstellungskraft die kleinen Kanälchen, die Mikromembranen und Mikrovilli steuern lernte. Und wie es ihm gelang, Hyphen zu bauen.

»Von da ab war es eigentlich nur ein Klacks«, rundete er das Thema ab. »Ich fraß alles um mich herum auf, meine Kleidung, meinen Sarg. Und blieb am Leben.«

Weiter berichtete Walter, wie sehr er sich über das Rattennest gefreut hatte und wie sehr er das gebrauchen konnte, was die da anschleppten. Doch jemand habe die Ratten vertrieben.

»Tut mir Leid, Papa«, gestand Ingeborg, »das war ich.«

Walter lachte los, und Ingeborg stimmte bald ein. Sie lachten, dass ihnen die Tränen in die Augen schossen und die Bauchmuskeln schmerzten.

Nach einer Weile fassten sie sich wieder, und Ingeborg fragte Walter, ob er etwas essen wollte. Begeistert stimmte er zu. Da sie nicht mit einem Gast gerechnet hatte, konnte sie nur belegte Brote anbieten. Für den nächsten Tag versprach sie ihrem Vater Koteletts, Rosmarinkartoffeln und Blumenkohl. Sie wusste, dass das eines seiner Lieblingsessen war.

Ingeborg ging in die Küche. Während sie hantierte, fragte der Vater:

»Und du, was ist mit dir? Du lebst anscheinend allein?«

»Ja, Heinz hat mich verlassen. Hat 'ne andere gefunden, mit der er Kinder haben konnte. Hab' mich aber mit meinem Leben arrangiert.«

»Und immer noch Erzieherin?«

»Ja, ich leite die Kita. Der Umgang mit den Kids, der ist für mich lebensnotwendig.«

Die Utensilien waren aufs Tablett gestapelt, Ingeborg trug sie zum Esstisch. Beide schmierten sich ihre Brote, Walter berichtete zwischendurch weiter. Dabei gewahrte die Tochter, in welch absurder Situation sie sich befand. Sie saß hier ihrem toten Vater gegenüber und unterhielt sich mit ihm, als sei das das Normalste der Welt.

Walter berichtete von der Eroberung der Nebengräber, von dem Energiehunger für diese Arbeit. Dass er alles heransaugen musste, was es an Verwertbarem in der Umgebung gab.

Ingeborg entrann ein Stöhnen. »Jetzt wird mir klar, weshalb nichts mehr wachsen wollte – bald auf dem ganzen Friedhof nicht mehr!«

»So schlimm war es?« Walter war erstaunt.

»Ja, so schlimm. Selbst das Gartenbauamt hatte alle Hände voll zu tun, die Bepflanzung am Leben zu halten. Bodenuntersuchungen hatten hochgradigen Nährstoffmangel ergeben. Ich war ein paarmal bei Hunger, dem Amtsleiter. Mit seinen Massen an Düngern hat er alles wieder hinbekommen.«

Die Beiden waren gesättigt. Ingeborg räumte ab, ihr Vater half dabei.

Sie gingen wieder ins Wohnzimmer. Ingeborg holte vorher noch ein Bier. Das hatte sie da für Besucher. Ihr Vater trank immer am liebsten aus der Flasche. Sie selbst bevorzugte Weißwein.

»Wie ging denn das da weiter, bei euch?«, nahm die Tochter das Gespräch wieder auf.

»Wir wurden immer mehr«, berichtete Walter, »und das war der Anfang vom Ende.«

Das verstand Ingeborg nicht, bis der Vater ihr erklärte, dass diese Stinklappen erschienen sind. Er hatte gleich bedauert, dass die wiedererweckt worden sind. Sie sannen sofort auf Rache. Das war nicht Konsens. Die meisten Untoten wollten, so es denn überhaupt gelingen sollte, friedliche Koexistenz mit den Lebbies.

»Den was?«, hakte Ingeborg nach.

»Na euch, den Lebenden. Irgendwer taufte euch Lebbies.«

Der Wiederaufbau des Nervenkostüms, Verbesserung der Kommunikation. Hinzustoßen von Gleubert und Rapoport zu den Untoten. Ein unschlagbares Wissenschaftsteam, das größer wurde und Fortschritte in Riesensprüngen machte. Walter versuchte, sich kurz zu fassen. Und wie es den Nifazzos gelang, sich abzusondern und die eigenen Aktivitäten zu verbergen.

»Den was?«, fragte Ingeborg schon wieder.

»Ja, so nannten sie sich. Nicht-lang-fackel-Zombies, davon die Abkürzung. Für uns hatten sie nur ein verächtliches Lafazzos übrig, kannst dir sicher denken, was das heißt.« Das konnte Ingeborg.

Aufbau der Gewebe, Ausbildung der Organe, erstes Zucken der Gliedmaßen, dabei Heraus-Ätzen von Grabkammern aus der Erde. Wieder alles in Kurzfassung. Daneben: Errichtung einer U-Regierung, Wahl des U-Kanzlers und Schaffung eines U-Gerichts. Ausdehnung über ganz Europa. Dann endlich sollte der geordnete Ausstieg erfolgen. Gleubert und er durften einen Test-Ausflug unternehmen.

War das schön, erstmals wieder auf der Erde zu stehen, Luft zu holen und die ersten Schritte zu gehen. Und dann gleich darauf das Entsetzen: Ein Hund tötet einen Mann, der tritt noch um sich, und dem Hund fliegt ein Bein weg. Wenig später hat er sich auf einem MA (Walter erklärt auch diese Abkürzung) regeneriert.

Die Nachforschungen der Lafazzos und was sie Grausames erbrachten: Das Massaker der Nifazzos auf die Dörfer wurde bekannt und geächtet. Wie seine Gruppe sich in falscher Sicherheit gewiegt hatte, bis die Nifazzos die neue Angriffswelle gestartet hatten – in die Vororte hinein.

Nun war es Ingeborg, die ihrem Vater berichtete. Es kamen immer mehr Nachrichten über Tiere, die ihre Herrchen totbissen. Dass sie den verendeten Haustieren so ähnlich sahen, das schien am Anfang nebensächlich. Doch bald wurde genau vor diesen Tieren gewarnt. Nur erklären konnte sich niemand den Wandel in die Killerbestien. Vereinzelt wurde von Löwen, Tigern und anderen Raubtieren berichteten, die durch die Gegend streiften und Leute überfielen. Ganze Familien, in denen wenig vorher ein Kind gestorben war, fand man zerfleischt vor. Rätsel über Rätsel.

Entsetzlich war der Überfall auf die Dörfer. Das war vergleichbar mit dem 11. September, schlimmer sogar. Weltweit gab es Solidaritätsbekundungen mit Deutschland. Jeder dachte an muslimische Übergriffe.

Dann kam die Ruhe. Ein bisschen Normalität kehrte ein. Und dann der Angriff auf verschiedene Vorstädte.

»Da endlich waren die wahren Verursacher entdeckt«, schloss Ingeborg. »Ihr wart es, die Zombies. Deshalb habe ich dich auch mit einem Messer in der Hand empfangen. Es ist ja eindringlich gewarnt worden vor euch Wiederkehrern. Obwohl ich eigentlich dachte, das Problem wäre durch die Grabsprengungen erledigt. Es gab bisher keinen neuen Übergriff, soviel ich weiß.«

»Es ist viel schlimmer als vorher«, widersprach der Vater. »Die Nifazzos sind kurz davor, euch zu vernichten. Und uns auch, uns Lafazzos.«

»Wie denn das?«, wollte Ingeborg wissen.

»Mit Botox«, war die knappe Antwort. Das musste Walter seiner Tochter in allen Einzelheiten erklären. Denn Botox wird doch benutzt, meinte sie, um Falten wegzuspritzen.

»Diesen Irrsinn gibt es auch«, bestätigte ihr Vater. »Botulismustoxin ist das stärkste Gift, das wir bisher kennen. Es lähmt die Muskulatur. Damit gehen auch die Falten weg. Ein bisschen mehr aber lähmt die gesamte Muskulatur. Der Mensch erstickt innerhalb weniger Minuten. Mit zwanzig Gramm davon kann man eine Million Menschen töten. Für ganz Deutschland braucht man nicht mal zwei Kilo. Und genau das haben die Nifazzos vor.«

Botox-Zusatz in Medikamente und Lebensmittel!

Ingeborg schluckte. Sie verstand nicht, wie die Nifazzos die Bevölkerung dazu bekommen wollte, das Gift einzunehmen. Sie würde es einnehmen. Die Regierung bereitet ein Gesetz vor, erklärte ihr Vater, dass Botox in sämtliche Medikamente und in sämtliche Lebensmittel zugegeben werden muss. Natürlich deklariert sie den Zusatz als Stabilisator. StaBRD nennt sie ihn, den Universalstabilisator der BRD. Preist ihn als derart gut, wichtig und unverzichtbar an, dass er überall hineingehört.

Die Chemischen Werke Höchst und BASF produzieren schon riesige Mengen an Botox. Auf den Packungen, mit denen sie abgegeben werden steht aber StaBRD. Dieser wird an alle Pharmafirmen und alle Lebensmittelbetriebe geliefert.

»Bald wird in jeder Tablette, in allen Tropfen oder Säften, in jeder Spritze wird Botox drin sein. Jede davon ist tödlich. In Konserven, in Limonade, in Wein und Bier. Prost, übrigens!«, Walter hob seine Flasche und streckte sie Ingeborg entgegen, als wolle er mit ihr anstoßen. Sein Gesicht war todernst.

»Wieso soll die Regierung uns vergiften?«

»Das sind Nifazzos!«, erklärte der Vater. Ingeborg war sprachlos. »Ja, die verdammten Nifazzos haben es geschafft.«

Dann berichtete Walter, wie die Lafazzos zuerst Adenauer zum Kanzleramt geschickt hatten, der aber erschossen wurde, wenig später, nachdem er es betreten hatte. Wie dann Theodor Heuss es beim Haus der Kanzlerin versucht und Erfolg hatte. Wie der Krisenstab gebildet wurde, um mit Hilfe der Lafazzos die Nifazzos auszurotten.

Die waren aber gerissen genug und bekamen den Plan mit. Sie waren so clever, ihn für ihre Zwecke umzumünzen. Sie hatten es geschafft, den untoten Willi Brandt zu kopieren. Sie konnten jeden Erweckten kopieren. Da waren sie den Lafazzos um Längen voraus. Und sie konnten das Untotengehirn mit Nifazzo-Ideologie laden. Der falsche Brandt also, der lockte den Vizekanzler in einen Hinterhalt. Im Tiergarten wurde er innerhalb von zwei Tagen umgewandelt.

Als er wieder erschien, ließ er eine Myzel-Kammer bauen, getarnt als künftiger Fluchttunnel. Hochleistungsmyzelien schafften es, frisch Getötete in 30 Minuten zu Nifazzos zu mutieren. Und diese setzten sofort das Zerstörungswerk fort.

»Das ist der Stand der Dinge«, schloss Professor Wolfgang Walter, wiedergekehrt zu seiner Tochter Ingeborg Fricke.

Ruhe kehrte ein.

»Und du bist gekommen, um mir das zu sagen?«, fragte die Tochter nach langem Schweigen.

»Nicht nur, es gibt eine kleine Hoffnung«, stellte der Vater in Aussicht.

»Und die wäre?«

»Zerstörung der Myzelien.«

»Und wie?«

»Durch Bakterien.«

»Und gibt es die?«

»Ich hoffe es.«

»Und woher kommen die? Wer will die Myzelien damit infizieren? Warum sind die nicht schon längst krank geworden. Mensch, Papa, lass dir doch nicht alles aus der Nase ziehen.«

Walter atmete tief durch. Rapoport und Gleubert waren eines Tages zu ihm gekommen und meinten, ein Plan B sei nötig. Was wäre, wenn das schiefginge, die Zusammenarbeit mit der Regierung.

Rapoport hatte die Idee. Walter konnte nicht sonderlich viel beitragen, das war nicht sein Fachgebiet. Er half aber, wo er konnte. Ausgangsmaterial waren multiresistente Salmonellen. Bakterien also, denen die meisten Antibiotika nichts anhaben konnten. Falls die Nifazzos den Schaden entdecken würden, sollte es ihnen unmöglich sein, die Bakterien zu vernichten. Rapoport und weitere Biochemiker bauten sie genetisch um. Einmal konnten sie die Multiresistenz der Staphylokokken auf dieses Bakterium übertragen. Das wichtigere aber war: Sie griffen nun bestimmte Schaltstellen im Myzel an. Es kann sich nicht mehr selbst versorgen und stirbt innerhalb von 24 Stunden ab. Vorher aber können sich in dem Myzel tausende neuer Salmonellen bilden. Diese sind in der Lage, sich zu bewegen und wandern in den Strängen entlang. Sie fressen nach und nach die gesamten Myzelien auf. So alles gut geht.

»Und ohne Myzelien sterben wir Untoten«, beendete der Vater seinen Vortrag.

»Du auch?«, wollte Ingeborg wissen.

»Ja, ich auch. Ich hoffe, es klappt.« Ingeborg schaute ihn betroffen an. Dann rückte sie an ihn heran und nahm ihn nochmals fest in ihre Arme.

* * *

Die Tage vergingen. Im Garten gab es einen MA. Walter stellte sich täglich darauf. Am Anfang spürte er die Kraft in sich aufsteigen. Nach einer Woche blieb dieses Gefühl aus. Er aß so gut und so viel er konnte. Und wurde schwächer, und darüber war er froh. Er brauchte nicht mehr auf den MA zu gehen. Walter war sich sicher, dass er abgestorben war. Beim letzten Mal hatte er das Gefühl, dass seine Fußsohlen in etwas Matschiges, Glibberiges traten. Tatsächlich hatte er einen Schleim auf der Haut, den er mit Freuden abschrubbte.

Ingeborg war traurig. Sie nahm sich Urlaub, verhätschelte ihren Vater und versuchte, ihn aufzupäppeln, so gut es ging. Sie kochte ihm seine Lieblingsessen und besorgte Nahrungszusätze.

Lange Stunden unterhielten sich Tochter und Vater. Ingeborg konnte all ihre Fragen stellen, die sie bewegten. Sie wollte wissen, wie sie als Kind war. Sie klärte Situationen, die sie damals nicht verstanden hatte, die sie aber immer wieder beschäftigen.

Sie fragte nach der Liebe ihrer Eltern, vom Kennenlernen bis zur Trennung. Sie verstand jetzt, wieso die Eltern sich auseinander gelebt hatten und warum die Mutter nach Australien gegangen war. Dieser Kontinent war zeitlebens ihr Traumland gewesen. Vielleicht wären sie noch zusammen, wäre ihr Wolfgang damals mitgegangen, meinte er. Doch hatte er zu diesem Zeitpunkt ganz andere Vorstellungen für sein Leben.

»Hattest du denn nochmals eine andere Frau?«, wollte Ingeborg neugierig wissen. Zu Lebzeiten, zu den Lebzeiten vor dem jetzigen Leben, hätte Wolfgang Walter eine Antwort verweigert. Was ging das seine Tochter an. Doch jetzt gestand er freimütig:

»Nein, meine Liebe, ich stürzte mich in Arbeit. Die lenkte mich wunderbar ab, und ich war erfolgreich. Bis ich gewahrte, dass mir etwas Weibliches in der Umgebung vielleicht doch gut tun könnte, da begann schon mein geistiger Zerfall.«

»Schade«, sagte Ingeborg, »ich hätte dir das so gegönnt.«

»Nun muss ich dir aber doch etwas gestehen«, fuhr Walter fort. »Ich habe mich unterirdisch verliebt.«

»Das musst du mir nun aber mal erklären!«

Und der Vater berichtete freimütig von Margot Hensel, der ersten Erweckten. Wie er zunächst keine sonderlich großen Stücke von ihr hielt, nach und nach aber immer mehr von ihren Fähigkeiten, von ihrer Schlagfertigkeit und ihrer Liebenswürdigkeit fasziniert war. Und dass er sie seine Kalliope nannte.

»Meine Kalliope – die Muse der Wissenschaften. Du glaubst gar nicht, wie viele Anregungen sie mir gegeben hat, obwohl sie alles andere war als eine Forscherin. Sie hat aber eine Art, mit ihrem wachen Verstand an die Fragen heranzugehen, dass es einen einfach inspiriert.«

Dann erzählte Walter weiter, wie er sich schon darauf gefreut hatte, Margot persönlich gegenüberzutreten und nicht nur mittels Myzelkontakt. Am liebsten hätte er sie gleich beim ersten Testausflug aus dem Grab mit heraufgeholt. Aber die Vernunft gebot, es zu lassen. Er hatte gemeint, Zeit zu haben.

Doch dann war ja alles anders gekommen, ganz anders.

Trotz aller Mühen Ingeborgs: Walters Bindegewebe zerfiel. Es bereitete ihm immense Schmerzen. Doch er hielt sie aus, er wollte sie aushalten und nahm kein Schmerzmittel. Die Schmerzen waren sein Triumph. Er schaffte es, nicht zu schreien. Doch er war sich sicher, die Nifazzos hielten das nicht aus.

Einige Tage später kam Ingeborg vom Einkauf zurück. Walter saß in einem bequemen Sessel. Er schaute nach draußen. Stare pickten in Scharen auf dem Rasen herum. Ein friedliches Bild.

»Ich habe Besuch mitgebracht«, hörte er seine Tochter. Walter drehte sich um und erkannte eine ältere Dame, die freundlich zu ihm herüberlächelte und, etwas von ihr verdeckt, einen älteren Herrn.

Die Frau schritt auf ihn zu und sagte: »Wolfgang, wie freue ich mich, dich endlich kennenzulernen. Ich bin die Margot.«

Hätte der Chemiker nicht schon gesessen, dann wäre er jetzt in sich zusammengesackt. Er fing sich schnell, wollte aufspringen, schaffte es aber nur mit Mühe, sich auf seine zwei Beine hochzuquälen und konnte einen Schmerzlaut nicht unterdrücken. Er sagte nichts, sondern schlang seine Arme um Margot und blieb lange so stehen. Tat ihm das gut! Alle Schmerzen waren weg. Seine Sehnsucht ging in diesem Moment in Erfüllung. Das war mehr, als er verlangen konnte.

Nach einer gefühlten Ewigkeit löste er sich von Margot, hielt sie aber noch mit den Händen an den Schultern gefasst und streckte die Arme aus. Er betrachtete ihr Gesicht. Faltig, aber schön. Die Schönheit einer gelassenen Frau, einer Frau, die das Beste aus ihrem Leben gemacht hatte.

»Und wen hast du mitgebracht?«, fragte Walter, nachdem er sich einigermaßen gefasst hatte.

»Das ist Klaus, mein Mann«, erklärte sie. Enttäuschung flackerte auf bei Wolfgang, aber nur kurz. Was sollte das? Sein Leben ging zu Ende. Ihrer aller Leben ging zu Ende. Das Leben all derer, die ein zweites Leben bekommen hatten. Walter wollte auf Klaus zugehen, merkte aber, wie ihm die Kräfte schwanden.

»Tut mir leid, ich muss mich setzen«, sagte er und rettete sich in seinen Sessel. Klaus kam auf ihn zu streckte ihm die Hand entgegen. Er wirkte sogar sympathisch, auf Anhieb. Es war doch schön, dass die Beiden sich gefunden hatten. Aber Walter würde ihnen erklären müssen, dass ihr Glück nicht von langer Dauer sein konnte.

»Ich bin stolz darauf, dich kennenzulernen«, strahlte Klaus den Professor an. »Den Vater von uns allen«, fügte er lachend hinzu.

»Bitte freut euch nicht zu früh«, hub Walter zu einer Erklärung an. »Wir stehen kurz vor dem Untergang.« Erstaunlicherweise schienen Margot und Klaus nicht sonderlich verwundert.

»Wir wissen Bescheid«, sagte Margot. »Ingeborg hat uns alles berichtet. Und es ist gut so, was Ihr Pilzköpfe gemacht habt.«

»Es hätte alles so gut werden können«, ergänzte Klaus, »wenn nicht die Nifazzos dazwischengefunkt hätten. Aber Quertreiber gibt es überall. Die Konsequenzen baden wir gemeinsam aus. Aber die Vorstellung, dass demnächst die gesamte Bevölkerung vergiftet werden sollte, die ist doch unerträglich. Da müssen wir ein Opfer bringen. Und wir haben ja auch nichts zu verlieren. Wir waren schon tot und werden es bald wieder sein. Gleubert und du, ihr habt uns ein bisschen was von der Unendlichkeit kosten lassen.«

»Aber ihr werdet Schmerzen bekommen«, wand der Chemiker ein.

»Die enden spätestens, wenn wir enden«, beschwichtigte Margot. Die schlimme Aussicht schien sie nicht sonderlich zu schrecken.

Wolfgang Walter war froh, dass er sich nicht rechtfertigen musste, dass seine Kalliope ihm keine Vorwürfe machte.

Ingeborg hatte inzwischen den Tisch gedeckt. Zu viert aßen sie zu Abend. Walter war es schleierhaft, wie Ingeborg die Hensels gefunden hatte. Die Tochter ging kurz raus und kam mit einem großen Schild zurück. Darauf stand: »ICH BIN WOLFGANG WALTERS TOCHTER UND SUCHE MARGOT HENSEL«

»Du hast mir ja beschrieben, wo ihr euch versteckt habt«, erklärte sie dem Vater. Mit dem Schild war sie in diesem Wald gegangen und hatte gehofft, dass die Lafazzos es mit ihren Maugen erkennen würden. Tatsächlich standen plötzlich Margot und Klaus vor ihr. Sie ließen sich leicht überreden, Wolfgang Walter zu besuchen. Unterwegs klärte Ingeborg sie über die Veränderungen in der Regierung und die bevorstehende Vergiftung auf. Und auch über das Absterben der Myzelien und damit den Tod aller Untoten, gleich ob gut- oder bösartig. Sie hatte keine Ahnung, was sie bei den Beiden damit auslösen würde und war genauso erstaunt wie kurz darauf ihr Vater, wie gelassen sie die Botschaft aufnahmen. Das sagte sie auch.

»Wir haben uns schon gedacht, dass es so nicht weitergehen kann«, hatte ihr Margot geantwortet. »Es musste einfach etwas geschehen. Und es wäre grausam und ungerecht, wenn der Plan der Nifazzos aufgehen würde. Das sind doch richtige Verbrecher.«

Lange saßen sie und unterhielten sich. Walter fühlte sich wohl wie lange nicht, die Schmerzen traten vollkommen in den Hintergrund. Doch wurde er müde. Müdigkeit, wie ein Lafazzo sie eigentlich gar nicht kannte. Anscheinend war es so, dass die Myzelien von Margot und Klaus noch etwas länger Energie geliefert hatten, dann deren Zerfall war nicht ganz so weit fortgeschritten.

»Ihr könnt gerne hier bleiben«, schlug Walter vor. »Ingeborg, du hast doch sicher nichts dagegen.«

Bevor sie antworten konnte, widersprach Margot: »Wir wollen unsere Kinder besuchen. Wahrscheinlich bleiben wir bei denen, bis alles vorbei ist.«

Das konnte Wolfgang Walter einsehen. Er war ja auch bei seiner Tochter.

Der Abschied war herzlich. Und alle wussten: Es war ein Abschied für immer.

Die nächsten Tage wurden schlimmer. Weich und glibberig wurden Wolfgang Walters Gliedmaßen, jede Bewegung war eine Tortur. Die Gedanken an seine Kalliope und an die Begegnung mit ihr bereiteten ihm Glücksgefühle. Das war sein Analgetikum.

Beim letzten Gang auf die Toilette fiel sein rechter Unterarm ab, als er auf den Spüler drückte. Der Ellenbogen rutschte einfach weg durch den Druck des Oberarms. Er rief nach Ingeborg, sie band ihm den Stumpf ab.

Von da ab verließ Walter das Bett nicht mehr. Zwei Tage blieb er darin liegen. Sein Frickelchen war fast die ganze Zeit um ihn. Meist hielt sie seine linke Hand. Sie fütterte und sie säuberte ihn, so wie ihre Säuglinge.

»Sag den Leuten, was passiert ist, wenn alles vorüber ist«, bat Wolfgang Walter seine Tochter, »so wie Margot und Klaus.« Sie versprach es und streichelte ihm über die Wange.

Er schloss die Augen, und dann war es für ihn vorüber. Er war guter Dinge.

Walter fühlte sich wieder wie nach seiner ersten Beerdigung, leicht und geborgen – wie im Mutterleib.

Der Wiebers Verlag

Der Verlag wurde 1995 von Eva und Sven Wiebers gegründet. Die historisch geschulten Restauratoren entwickelten Poster und Lesezeichen zu geschichtlichen Epochen, Ereignissen und Herrschern – optisch ansprechend aufbereitet und systematisch strukturiert.

Umfangreiche historische Informationen, vereint mit der sinnlichen Ausstrahlung von Bildern und Zeitdokumenten in großformatigen Plakaten, machen die Editionen des Wiebers Verlages zu einem Vergnügen für alle Kultur- und Geschichtsinteressierte.

Schülern und Studierenden helfen die Poster, sich einen Überblick über komplexe Zeitepochen zu verschaffen, die Lesezeichen dienen als Gedächtnisstützen für den Geschichtsunterricht.

Wiebers Plakate und Lesezeichen sind in zahlreichen Museums-Shops erhältlich, selbstverständlich aber auch im Buchhandel.

Seit 2011 hat der Wiebers Verlag sein Sortiment erweitert und bietet Literatur für Kinder und Erwachsene.

Printed in Germany
by Amazon Distribution
GmbH, Leipzig